JN077982

葉月奏太

盗撮コネクション
復讐代行屋・矢島香澄

実業之日本社

実業之日本社文庫

盗撮コネクション 復讐代行屋・矢島香澄 目次

第一章　周到な姦計《かんけい》

1

（これまでか……）

西島安雄《にしじまやすお》はノートパソコンの画面を見つめて力なく肩を落とした。

明るい未来どころか、もう明日すら想像できない。今さら金策に奔走しても無駄だとわかっていた。

両親は亡くなっており、すでに貸してもらえるところからは限界まで借りている。銀行はもちろん、親戚や友人、商店街の知り合いもすべてまわって頭をさげた。追いつめられた結果、やばい話に乗ってしまった。

十年前、安雄は三十六歳のとき、父親から衣料品店を引き継いだ。

ニシジマ洋品店——東京北東部のとある商店街で細々と経営している街の衣料品店だ。小さな店舗だが、紳士物、婦人物、子供服となんでも扱っている。要するに洋服ならなんでもある雑多な店だ。

なにしろ狭いので、レジカウンターで顔をあげれば店内を見渡せる。一応、紳士物と婦人物はわけてあるが、売れ残りも含めてギュウギュウに押しこめられているのが見苦しかった。

以前はそれなりに繁盛していた。

父親の代からの常連客が何人もついていたのが大きかった。顔なじみの客は自分の服だけではなく、子供や孫のぶんまで買ってくれる。売上が徐々に落ちていくなか、いつしか常連客が頼みの綱になっていた。

常連客は父親と同年輩なので高齢化している。このままでは先細りしていくだけなので、思いきった改革が必要だと感じていた。

店を継いだときから、将来を見据えて紳士服か婦人服に特化することを考えていた。ベビー用品専門店にするのもありだろう。それでも、なんとかなっていたため、改装の時期を見誤った。

贔屓《ひいき》にしてくれた常連さんたちを大切にしたい。その思いで改装を先延ばしにしてきたが、最悪のことが起きてしまった。

あれは一年前のことだ。そろそろ手を打たなければと思っていた矢先、近所に格安のアパレルチェーン店が進出してきた。あっという間に客を取られて、経営は一気に赤字へと落ちこんだ。

（あのとき、店を畳んでおけば……）

後悔の念が胸にこみあげる。安雄はレジカウンター内の椅子に腰かけたまま、狭い店内を見まわした。

すぐに見切りをつければ、多額の借金を背負うことはなかった。店舗を売却すれば、ある程度まとまった金を手にすることができたはずだ。しかし、親から継いだ店を閉じることに抵抗があった。

いや、それだけではない。

七年前に結婚した妻の京香《きょうか》に、店を閉めるなどとは言えなかった。経営が苦しいことをずっと隠していた。心配をかけたくない一心だった。だが、そのことが自分の首を絞める結果になっていた。

足掻《あが》けば足掻くほど泥沼にはまっていった。

方々から金を借りて当座の支払いを乗りきってきた。しかし、半年も経《た》たないうちに首がまわらなくなった。

気づけば安雄は四十六歳になっていた。転職しようにも、この年でまともな仕事が見つかると思えなかった。

今さら店を畳んで売却しても、借金を全額返済することはできない。子供はいないが、愛する妻につらい思いをさせたくなかった。追いつめられて悩んでいた半年前、あの男が現れた。

結城紫音《ゆうきしおん》、それが男の名前だ。

あれは桜が咲きはじめた三月後半のことだった。

紫音はふらりと入ってきて、商品を見ることなく店内をぶらついた。最初からなにか様子がおかしかった。黒いスーツに身を包んでいたが、どこか着崩れているというか、普通とは異なる雰囲気が漂っていた。

服には目もくれず店の造りを気にしているようだった。試着室のなかまでのぞきこんで、なにやらチェックしていた。

客でないことは確かだ。いやな予感がしたとき、紫音はゆったりとした足取りで近づいてきた。

「ちょっとお話いいですか？」

口調は丁寧だが、どこか人を見くだしたようなところがある。正直、話したくなかったが、他に客はおらず断れなかった。

紫音は簡単に自己紹介した。

三十歳だと言っていたが、二十代半ばでも通用しそうな二枚目だ。背が高くて一見細身だが、胸板はぶ厚かった。いわゆる細マッチョというやつだろう。目つきがナイフのように鋭いのが気になった。

「お店の経営、厳しいんじゃないですか」

紫音はいきなりそう切り出した。

図星だったが、初対面の相手に店の内情を話すつもりはない。安雄は肯定も否定もせず、男の出方をうかがった。

「じつは、いい儲《もう》け話があるんですよ」

こういうことを言うやつは、大抵ろくな話を持ってこない。実際、聞いてみると、やはりとんでもない内容だった。

試着室に隠しカメラをしかけて、若い女性客の着替えを盗撮する。その動画を紫音が買い取り、インターネットで有料配信する計画だという。それで先ほど試着室を見ていたのだ。

「そんなこと、できるわけないじゃないですか」

安雄は憤りを覚えて即座に断った。

客の着替えを盗撮するなどあり得ない。親から引き継いだ大切な店だ。看板を穢《けが》すことはできない。どんなに経営が苦しくても、そんな恥知らずなことをするつもりはなかった。

「悪い話じゃないと思いますけどね。西島さん、借金あるんでしょう。返す当てはあるんですか」

紫音は憎たらしいほど落ち着き払っていた。

どうやら店の窮状《きゅうじょう》を知っているらしい。事前に調べたうえで、盗撮の話を持ちかけてきたのだろう。眼光鋭くにらまれると、それだけで安雄はなにも言い返せなくなった。

「顔にボカシを入れるから訴えられる心配はありません。撮られた本人も永遠に気づかないままってわけです」

「い、いや、しかし……」

「もちろん、この店ってことも絶対バレないようにします。俺だってトラブルは御免ですから。ちなみに今まで問題になったことは一度もないです。俺も西島さんも金がほしいのは同じですよ」

これまで同様の犯罪行為をくり返しているようだ。紫音の言うことには、妙に説得力があった。

「も、もしバレたら……」

「西島さんが盗撮をして、そいつを俺がさばく。作業を分担するから足がつきにくいんです。協力しあって一儲けしませんか」

「で、でも……」

「わかります。きっと、西島さんは俺と違って善人なんです。罪悪感があるんでしょう。だったらこういうのはどうです。借金の返済が終わるまでって期限を決めるんですよ」

「期限……ですか」

その言葉に心が揺れた。

現実問題として多額の借金を抱えている。もはやどうにもならない状態だ。犯罪に手を染めたくはないが、このままでは首をくらなければならない。そこまで考えるほど追いつめられていた。

「借金を早く返したいでしょう。返済が終わるまでは俺と手を組んで、借金がチャラになったらきっぱり足を洗う。ボカシも入れるから誰も傷つかない。それなら許されるんじゃないですか？」

頭の片隅では非常ベルが鳴り響いている。しかし、紫音の話にすがりたい気持ちが強くなっていた。

借金さえなくなれば、店を畳んで一から出直すことができる。新たに商売をはじめるのか、それとも店舗を売却して転職するのか、いずれにせよ次の道が開けるのだ。

もちろん、いけないことだというのはわかっている。だが、顔にボカシが入るので、盗撮された被害者が特定されることはない。借金の返済が終わるまでの間だけだ。今のままでは、妻ともども路頭に迷ってしまう。

「ほ、本当にバレないんですね？」

悪魔に魂を売った瞬間だった。

紫音がこっくりうなずいた。口もとには笑みが浮かんでいるが、目は笑っていなかった。

「お客さまの顔だけは、どうか……」

「心配ないです、まかせてください。顔にボカシをかけるのはいつものことですから」

自信満々に語った紫音の言葉をはっきり覚えている。しかし、口約束が守られることはなかった。

(最初から騙《だま》すつもりだったんだ)

安雄は奥歯をギリッと嚙《か》んだ。

ノートパソコンの画面には、試着室の盗撮画像が映し出されている。「リアル盗撮パラダイス」というアダルトサイトで、販売されている動画のサンプル画像がいくつか並んでいた。

安雄が注目しているのは、二十代前半と思われる女性を、足もとから見あげるように撮影した動画のキャプチャー画像だ。

試着室の壁や天井から、ニシジマ洋品店の試着室だとわかった。

撮影したのは安雄だ。半年前、隠しカメラが仕込まれた電源タップを紫音から渡された。それを壁の低い位置にあるコンセントに差したのだ。そのカメラで撮影されたものに間違いなかった。

紫音が毎日夕方にやってきて、映像データの入ったUSBメモリーを回収していく。安雄は借金を返済するためだと胸のうちでくり返し、罪の意識を抑えこんで淡々と作業を行っていた。

（まさか、こんなことになるなんて……）

今さらながら後悔の念に駆られている。やり場のない怒りがこみあげて、握りしめた拳を自分の太腿《ふともも》に打ちつけた。

ノートパソコンに映っている画像をもう一度見やった。

女性がスカートを脱ぐところで、片足を持ちあげていた。思いのほか鮮明な画像が、なおさら罪の意識を増幅させる。股間に白いパンティが張りつき、割れ目がうっすら透けていた。

他にもブラジャーが剝《む》き出しになっている画像がある。試着室なのだから当然だが、自分の店の盗撮画像だと思うと衝撃的だった。

しかし、安雄がショックを受けている理由は他にある。ボカシを入れる約束だったのに、女性の顔がはっきり確認できるのだ。

隠し撮りをするだけで、動画を販売しているサイトは見ていなかった。犯罪に荷担していることを認めたくなくて目をそむけてきた。その結果、約束を反故《ほご》にされたことに、今の今まで気づかなかった。

今日は朝から客がひとりも来ていない。すでに午後六時をまわっており、このまま閉店の七時を迎えそうだった。

あまりにも暇だったため、ふと動画の販売サイトをのぞいてみた。そして、ボカシが入っていないことを知ったのだ。この半年でゆうに百本以上は撮影してきた。そのすべてがボカシなしで販売されていた。

(今すぐやめさせないと……)

画像を見た瞬間から膝の震えがとまらない。

盗撮が客にバレたらお終《しま》いだ。もし警察に告発されたら、動画という確固たる証拠があるので言い逃れできない。

あの男の口車に乗った自分が馬鹿だった。とにかく、動画の販売をすぐに中止してもらうつもりだ。先ほど紫音に電話をしてその旨を伝えると、今から店に向かうと言われた。

最初から胡散《うさん》くさい話だった。

犯罪で得た金で、借金の穴埋めをしようという考えが間違っていた。警察の厄介になれば妻に迷惑がかかってしまう。借金を返す当てはないが、これ以上、盗撮をつづけるわけにはいかなかった。

そのとき、店のドアが開いた。はっとして視線を向けると、やはりそこには紫音の姿があった。

「結城さん、話が違う――」

抗議しようとした安雄の声は、紫音の怒声にかき消された。

「おいっ、やめるってどういうことだ」

口調が荒々しくなっている。目つきも異様に鋭かった。

これがこの男の本性なのかもしれない。肩を怒らせながら歩み寄り、レジカウンターをバンッとたたいた。

「あんたの借金返済に協力してやってるのに、恩を仇《あだ》で返すつもりか」

大声で凄《すご》まれると、一気に気持ちが萎えてしまう。それでも、もう盗撮をつづけるつもりはなかった。

「か、顔にボカシを入れるって話だったじゃないですか」

安雄は怯《おび》えながらもつぶやいた。しかし、紫音が顔をぐっと近づけると、それ以上なにも言えなくなった。

「バカかおまえは。ボカシなんて入れたら売れないんだよ。よけいなこと考えないで、しっかり盗撮しとけ」

ひとまわり以上も年下の男に怒鳴り散らされる。だが、怒りより恐れのほうが大きかった。迫力に気圧《けお》されて畏縮《いしゅく》してしまう。もともと気弱な性格で、押しの強い人は苦手だった。

「今さらやめられると思うなよ。おまえが盗撮したっていう証拠ならいくらでもあるんだ。バラされたら困るだろ」

「で、でも、結城さんも同罪じゃ……」

「なんだと」

紫音が目を剥き、胸ぐらをつかんだ。ワイシャツのボタンが弾《はじ》け飛び、安雄は恐怖で顔をひきつらせた。

「俺を脅してるつもりか。ああっ？」

「い、いえ……決してそんな……」

安雄が弱気になって視線をそらすと、紫音は押しのけるようにして胸ぐらから手を離した。

「撮影してるのはあんたで、俺とのつながりはなにもない。万が一、警察に事情を聞かれても、俺は服を買いにきた客だって言い張るだけだ。販売サイトを作ってるのも俺じゃない。そいつらは捕まるかもしれないが、俺は痛くも痒《かゆ》くもないってわけさ」

自分は捕まらないように手を打ってある。借金を背負っている人間を言葉巧みに騙して、金儲けをしているのだろう。どこまでも狡賢《ずるがしこ》い男だった。

「ボ、ボカシなしじゃ、いずれバレてしまいます」

「それが意外と大丈夫なんだよ。女が自分で盗撮サイトを見ることなんて、まずないからな。それに女もどこで試着したかなんて覚えてねえよ」

本当にそうだろうか。そんな言葉で安心できるはずもないが、これ以上なにか言うと殴られそうで恐ろしかった。

「なに不満げな顔してんだよ」

「い、いいえ……」

「借金があるんだろ。どうやって返すつもりだ。このままつづけたほうが、おまえだっていいんじゃないのか?」

痛いところを突かれて、安雄は思わずうつむいた。

盗撮することで、紫音から金をもらっている。それを借金の返済に充てているのは事実だった。

(でも……)

安雄は逡巡《しゅんじゅん》していた。

これ以上、深入りするべきではない。今なら捕まっても、大した罪に問われないのではないか。妻は悲しむだろう。それでも、罪を償いたい気持ちのほうが強かった。

「まだ心配してるのかよ。試着室だと下からあおって撮ってるから、女の顔もよくわからねえだろ」

確かに顔を正面から撮影するわけではない。それでも、画像は鮮明なので、知り合いが見ればすぐにわかるはずだ。

「ったく、しょうがねえな」

紫音はバッグのなかからUSBメモリーを取り出した。

「コイツを見てみな。こっちは女の顔がばっちり映ってるが、それでもバレたことはないぞ」

気乗りしなかったが、手渡されてしまったので仕方がない。ノートパソコンにUSBメモリーを差しこんだ。

「まだ販売前の秘蔵動画だ。そのファイルを開いてみろ」

紫音がカウンターごしにノートパソコンをのぞきこんでくる。

安雄は指示に従い、ファイルをクリックしていく。すると、動画再生ソフトが立ちあがった。

2

ノートパソコンの画面に、簡易なベッドが映し出された。

整骨院などにある施術台かもしれない。焦げ茶のバスタオルが敷いてある。白い壁紙の張られた部屋に置かれていて、それを横から撮影していた。蛍光灯の光が降り注いでおり、窓は見当たらなかった。

「こちらにどうぞ」

若い男の声がスピーカーから聞こえてくる。その直後、白い半袖の施術着に身を包んだ男性が画面の右側から現れた。

「本日担当させていただきます、エステティシャンの白川慎吾《しらかわしんご》と申します」

男が微笑を浮かべて自己紹介する。

だが、話している相手の姿は、カメラからはずれているらしく画面に映っていなかった。

慎吾はさらに店長であることと、二十八歳であることをつけ加えた。爽やかで甘いマスク、少し茶色に染めた髪にはゆるくパーマがかかっている。少し軽そうだが、いかにも女性にモテそうな風貌だった。

「これって……」

安雄は思わずつぶやいた。

どうやらエステサロンの盗撮映像らしい。この若い店長も、紫音に騙されて盗撮に手を染めたのではないか。安雄は同情心が胸にひろがるのを感じながら、画面をじっと見つめていた。

「奥さま、どうぞお座りください」

慎吾がうながすと、右の方からひとりの女性が画面に入ってくる。裸なのか身体《からだ》に焦げ茶のバスタオルを巻いており、裾がミニスカートのようになっていた。白くてむっちりした太腿に視線を奪われるが、女性の顔を目にして思わず息を呑《の》んだ。

「きょ……京香？」

一瞬、自分の目を疑った。

思わず画面に顔を寄せて凝視する。何度も確認するが間違いない。こちらに顔を向けて施術台に腰かけたのは、安雄の妻である京香だった。

普段は茶色がかった髪を背中にふんわり垂らしている。だが、今は結いあげており、まるで風呂あがりのように色っぽい。恥ずかしげに頰をほんのり染めているのも、なにやら意味深に映った。

「な……なんだ、これは？」

疑問が言葉になって溢れ出す。すると、カウンターの向こう側で、紫音がさも楽しげに笑った。

「それは半年前にエステサロンで撮影された映像だ。ちょうど俺とあんたが仕事をはじめたころだな」

そう言われて思い出す。

京香が新聞の折り込みチラシを見せてきたことがあった。駅の近くにあるエステサロンがセールをやっているという。堅実な妻がエステに興味を示すのはめずらしいことだった。

店の経営が苦しいことは、いっさい妻に話していなかった。正直、余裕はなかったが、秘密にしていた罪悪感もあり、安雄のほうからエステに行くように勧めたのだ。

（まさか、あのときの……）

顔からサーッと血の気が引いていくのがわかった。

自分が勧めたことで、愛する妻が盗撮の被害に遭ったのかもしれない。それを思うと胸が押しつぶされそうなほど苦しくなった。

妻との出会いは八年前にさかのぼる。

当時、安雄は三十八歳で、京香は二十六歳だった。

京香は常連客で、パワハラに遭って退職したため仕事を探していた。それなら仕事が見つかるまでということで、アルバイトに入ってもらった。

じつは、京香のことが以前から気になっていたのだ。しかし、ひとまわりも年が違うため、アタックする勇気がなかった。それでもアルバイトに入ってもらったことで距離が縮まり、一年後には結婚に漕《こ》ぎ着けた。

現在三十四歳になった京香は、今まさに女の成熟期を迎えている。やさしげな笑顔と穏やかな性格で、いつも安雄を支えてくれる。結婚してよかったと心から思っていた。

それなのに、知らない間に盗撮の被害に遭っていたのだ。

画面のなかの妻を見つめて、安雄は足もとがガラガラと崩れていくような錯覚に囚《とら》われていた。自分もこれと同じことをやっていたと思うと、罪悪感が両肩に重くのしかかってきた。

「このエステサロンもあんたと同じで、俺と手を組んでるんだ」

紫音が自慢気に語っている。

つまりは経営難に陥っている店を見つけては、こうして盗撮を持ちかけているに違いない。人の弱みにつけこむ最低の男だった。

「俺もこの映像を見たときは驚いたよ。あんたのことは事前に調べてたから、奥さんの顔も知ってたんだ」

紫音の声が遠くに聞こえる。これから京香がなにをされるのか、そのことのほうが気になった。

エステサロンに行ったのは知っているが、施術内容までは聞いていない。そもそもエステとは、どういうことをするのだろうか。肌の手入れなどをするのはわかるが、具体的な方法は知らなかった。

「エステは以前にもご利用になったことはございますか?」

慎吾の声がノートパソコンのスピーカーから流れてくる。どこか媚《こ》びるような口調は、女性を相手にする職業柄だろうか。

「いえ……はじめてです」

画面のなかの京香が首を小さく左右に振った。

明らかに声が緊張している。七年も連れ添っているのだから、妻の心理は手に取るようにわかった。

「緊張されてますか？」

「少し……」

「大丈夫ですよ。リラックスなさってください」

慎吾はいったん画面から消えると、すぐに戻ってきた。手に透明なガラスの瓶を持っている。五百ミリリットルのペットボトルほどのサイズだった。

「こちらのオイルを使ってマッサージいたします」

「はい……」

京香がこっくりうなずいた。

オイルマッサージをするらしい。いやな予感がしてきた。アダルトビデオで見たことがある卑猥《ひわい》なマッサージを想像してしまう。安雄の心臓は破裂しそうなほどバクバクと拍動していた。

「それでは、バスタオルを取って、うつ伏せになってください」

慎吾が穏やかな声で告げる。

京香の顔にためらいの表情が浮かぶ。だが、それは一瞬のことだった。照れているほうがおかしいと思ったのだろう。意外にもあっさりバスタオルをはずしてしまった。

（ああっ！）

安雄は思わず心のなかで叫んだ。

妻は濃紺のブラジャーとパンティを身に着けていた。紙でできた使い捨ての下着だ。オイルマッサージを受ける前に着替えるシステムなのだろう。妻の白い肌が眩《まぶ》しすぎて見ているのがつらかった。

「奥さん、三十四歳だったよな。いい身体してるじゃねえか」

紫音が画面をのぞきこんで、からかうようにつぶやいた。

反射的ににらみつけると、紫音は口もとに笑みを浮かべて、おおげさに肩をすくめてみせる。安雄が怒ったところで、まったく気にも留めていない。それがなおさら腹立たしかった。

画面に視線を戻すと、京香は施術台にあがってうつ伏せになっていた。

両腕は身体の両脇に置いて、顔はこちら側に向いている。硬い表情から緊張しているのがわかった。

「では、オイルを使ってマッサージしていきます。背中に垂らしますね。少し冷たいですよ」

慎吾がやさしく声をかける。

うつ伏せになった京香の背中の上で、先ほどの瓶を傾けた。とろみのある透明なオイルが、白い背中に垂れ落ちていく。肌に触れた瞬間、妻の身体がヒクッと反応した。

「ンっ……」

小さな声を漏らして、眉を微《かす》かに歪《ゆが》めるのがわかった。

「冷たかったですか。すぐになじんできますよ」

慎吾は慣れた様子で語りかけながら、傾けた瓶をゆっくり移動させる。

糸のように細く垂れつづけているオイルが、ブラジャーの紐《ひも》を越えて腰へとひろがっていく。さらには紙のパンティを濡《ぬ》らしつつ、太腿からふくらはぎにもオイルがたっぷり垂らされた。

「失礼いたします」

慎吾は瓶をサイドテーブルに置くと、京香の背中に手のひらをそっと重ねていく。首のすぐ下から肩胛骨《けんこうこつ》にかけてを撫《な》でまわして、オイルをゆっくり塗り広げていった。

「ンンっ……」

またしても京香の唇から微かな声が漏れる。

白い肌がヌラヌラと光り輝き、なにやら淫靡《いんび》な空気が漂い出す。それでも慎吾は表情を変えることなく、淡々とオイルを塗り伸ばしていく。まだ二十八歳と若いが店長だけのことはあり、慣れた手つきだった。

「オイルを塗りこんでマッサージすることで、血行がよくなっていきます。お肌にとってもいいんですよ」

「は、はい……でも……」

「少しくすぐったいかもしれませんが、ちょっとだけ我慢してください」

慎吾の声はあくまでも穏やかだ。両手で円を描くように撫でまわして、やがて腰へと移動する。脇腹から腋《わき》の下にかけても、オイルにまみれた指先が這《は》いまわった。

「はンンっ」

女体に震えが走り、京香が眉を困ったような八の字に歪めた。

妻はくすぐられるのが苦手で、とくに腋の下が弱かった。そこにエステティシャンの指先が潜りこんでいるのだ。くすぐったそうに身をよじっているが、懸命に我慢していた。

（きょ、京香……）

いやなら拒絶してほしい。だが、これはエステだ。悪ふざけでくすぐられているわけではなかった。

慎吾は妻の両腕にもオイルを塗り伸ばしていく。肩から肘にかけて、さらには指も一本ずつ丁寧に撫であげる。慎吾が触れた場所は、爪の先までオイルまみれになっていた。

（俺以外の男が……）

若い男が妻の身体に触れている。エステだということはわかっているが、複雑な気持ちになってしまう。

「腋の下のリンパをもう少しマッサージしておきましょう。老廃物を流すことで、もっときれいになれますよ」

慎吾はもっともらしいことを言いながら、再び腋の下を撫ではじめた。

しかも、今度は両腋を同時に、ねちっこく執拗《しつよう》にまさぐっている。腋の下に深く潜りこませた指先を動かすたび、京香の熟れた女体が艶《なま》めかしくもじもじと蠢《うごめ》いた。

「ンっ、そ、そこは……はンっ」

ささやくような小さな声もしっかり録音されている。妻の息遣いまで生々しく伝わってきた。

(あの男……まさか、わざとやってるんじゃ……)

ふと疑問が湧きあがった。

おそらく、事前に紫音から隠しカメラを渡されたはずだ。それを設置したのは慎吾だろう。つまり盗撮しているとわかっていて、このオイルマッサージを行っていることになる。

少しでも罪の意識があるなら、もう少し別のやり方があるのではないか。プロのエステティシャンとしての矜恃《きょうじ》や、盗撮されている女性に対する気遣いが見えるはずだ。

しかし、これではわざと妻を辱めている気がしてならない。それとも、そもそもエステとはこういうものなのだろうか。とにかく、それを見ている夫としては気が気でなかった。

「面白くなるのは、ここからだぞ」

紫音が神経を逆撫でするように声をかけてくる。ニヤついている顔も腹立たしいが、同時に不安もふくれあがった。

（まだ、なにかあるのか？）

安雄は声も出せないまま、再びノートパソコンの画面に目を向けた。

「じゃあ、今度は下半身にいきますね」

慎吾の声は相変わらず穏やかだ。表情も最初と同じで、経験を積んだエステティシャンにしか見えなかった。

男の指先が、妻の腋の下からくびれた腰を撫で降りていく。紙のパンティの上から尻を撫でまわし、さらに太腿へと移動した。膝の裏やふくらはぎにもオイルを塗り伸ばして、足首から足裏、ついには足の指に到達する。

「も、もう、それくらいで……」

くすぐったさに耐えられなくなったのだろう。京香が震える声で訴える。ところが、慎吾はマッサージをやめようとしなかった。

「全身の血行をよくしないと効果が半減してしまいますから」

口調こそ丁寧だが、手は動かしつづけている。指の股までねちっこく撫でまわしてオイルを塗りつけていく。

「あっ、や……はンンっ」

京香は眉を歪めて、こらえきれない声を漏らしている。もうじっとしていられないといった感じで、腰を右に左によじらせた。

「では、仰向《あおむ》けになってもらえますか」

「は……はい」

慎吾が声をかけると、京香は呼吸を乱しながらも仰向けになる。顔がほんのり桜色に火照っているのが気になった。

3

(だ、大丈夫なのか？)

安雄は噛《かじ》りつくように画面をのぞきこんでいた。

これは半年前の出来事だ。もうすべて終わっているが、これ以上悪いことが起こらないように、心のなかで祈らずにはいられない。

再びオイルが妻の身体にかけられていく。露出している肌だけではなく紙のブラジャーやパンティの上にも、オイルがたっぷり垂らされた。さらに手のひらで塗り伸ばせば、妻の女体はヌラヌラと濡れ光った。

「はぁっ……も、もう……」

いつしか京香は呼吸を乱していた。瞳もトロンと潤んでおり、なにやら妖しげな雰囲気が全身から漂っている。どこかうっとりした表情になっていた。

（ど、どうしたんだ？）

安雄の脳裏に疑問が浮かびあがった。

こんな妻の表情を見るのははじめてだ。まるで熱が出たときのように顔が赤いのに、つらそうな感じはまったくない。それどころか、気怠《けだる》げな表情が淫らに感じられた。

「あンっ、そ、そこは……」

ふいに京香の声が大きくなる。腹部を這いまわっていた慎吾の指が、ブラジャーのなかに滑りこんだのだ。

「お胸のほうもマッサージしておきましょうね。血行をよくすることで、バストアップが期待できますよ」

「で、でも……あンンっ」

京香はとまどいの表情を浮かべて、唇から小さな声を漏らした。

「おいっ、なんだこれは？」

もう黙っていられなかった。

これはマッサージの域を超えている。思わず声を荒らげた直後、いきなり紫音に胸ぐらをつかまれた。

「うるせえんだよ」

ただでさえ鋭い目が異様な光を放っている。つかんだワイシャツをグラグラ揺さぶられて、どこかがビリッと破れた。

「二度と騒ぐんじゃねえ。いいか、おっさん、最後まで黙って見とけ」

情けないと思うが、凄まれると瞬く間に気持ちが萎えてしまう。

紫音が危険な男だということが、ようやくわかってきた。全身から暴力の匂いが漂っている。よくこれまで本性を隠せていたものだ。四十六年の人生で出会ったことのない種類の人間だった。

（きょ、京香……）

再び画面に視線を戻すと、乳房へのマッサージがつづいていた。ブラジャーのなかで男の指が蠢いているのがはっきりわかる。両手の指を下から入れており、ふくらみの頂点を撫でていた。

「はンっ……あンンっ」

京香が顔を赤く染めて、首を左右にゆるゆると振っている。いやがっているのは明らかだ。夫以外の男に乳房をいじられて、今にも泣き出しそうな顔でとまどっている。しかし、その表情が色っぽく見えるのはなぜだろうか。

「これ、取ってしまいましょうね」

慎吾がブラジャーをずらして、頭から抜き取ってしまう。ついにオイルまみれの乳房が露《あらわ》になった。

白くてたっぷりした乳房の先端で、紅色の乳首がとがり勃《た》っている。散々いじられて完全に充血していた。乳輪までふっくら盛りあがり、中心部から乳首が屹《きつ》立《りつ》している。そのすべてがオイルでヌラヌラ濡れ光っていた。

「あっ、いやです」

京香は慌てて両手で覆い隠す。しかし、すべては隠しカメラにしっかり収められていた。

「恥ずかしがらなくてもいいんですよ。ここはエステサロンです。みなさん、同じようにマッサージを受けているのですから」

慎吾は平然と言い放った。

最初からまったくブレることがない。本当にこれが正式なオイルマッサージなのだろうか。仮に手順は合っているとしても、男がひとりで施術するのはおかしくないか。普通は女性のエステティシャンが行うのではないか。

（もう、やめてくれ……）

様々な疑問が浮かんでは消えていく。とにかく、もう見ていられなくて、安雄はがっくり頭《こうべ》を垂れた。

「目をそらすんじゃねえよ。あんたには最後まで見届けてもらわないとな」

紫音に命じられると逆らえない。安雄は不安と恐怖にすくみあがりながら、視線を画面に戻していった。

「あっ……あっ……」

京香の唇から切れぎれの声が漏れている。

男の手が乳房を下から掬《すく》いあげるように揉《も》んでいる。ときおり、指先が先端をかすめて、そのたびに京香は甘い声を漏らしていた。

「適度な刺激を与えることが大切なんです。女性ホルモンの分泌を促進して、バストアップ効果が期待できます」

慎吾はねっとり乳房を揉みながら語りかけている。甘いマスクの二枚目だけに、妻が寝取られているような気分になってしまう。

「奥さま、最近刺激は受けていますか？」

「ど、どういうことでしょうか」

「旦那さんに抱いてもらっていますか？」

「そ、そんなこと……」

京香が言いよどんだ。無遠慮に夜の生活のことを聞かれて、とまどっているのは明らかだった。

（し、失礼なことを聞くんじゃない）

安雄は思わず心のなかでつぶやいた。

もともと淑《しと》やかな女性だ。セックスは常に受け身で、反応も慎ましやかだ。そんな妻のことを好ましく思っていた。

困っている妻を見て、慎吾に対する怒りがこみあげる。

しかし、怒りは不安の裏返しだ。他人の慎吾に図星を指されたことで、内心激しく動揺していた。

ここのところ夜の生活がご無沙汰だった。

店の経営が苦しくなった一年前から妻を抱いていない。性欲がまったく湧かなかったというのが正直なところだ。妻のことは変わらず愛しているが、精神的に追いつめられていたせいか、股間が反応しなくなっていた。

「やはり抱かれていないのですね。奥さまの反応を見ていればわかりますよ。こんなにお美しいのに、もったいないです」

慎吾の声がねちっこくなった気がする。乳房をゆったり揉みあげながら、京香の顔をのぞきこんでいた。

「旦那さんはなにをしているのですか。きれいな奥さまを淋《さび》しがらせて、ひどい人ですね」

「お、夫は……仕事をがんばってくれていますから――ああンっ」

オイルまみれの乳首を指先で転がされて、京香の声は途中から甘い声に変わってしまう。だが、それは一瞬だけで、すぐに下唇を嚙みしめた。

「旦那さんのために、もっときれいになりたくてエステに来たのですね」

男の問いかけに京香がこっくりうなずく。普通なら感動的な場面だが、安雄の心はざわついていた。

「わたしが夫だったら放っておきませんけどね」

慎吾は執拗に乳首をいじりながら、京香の瞳を見つめて語りかける。まるで口説いているような言い方だった。

「さ、最近、忙しそうだから……お仕事、がんばってるんです……」

京香は決して夫のことを悪く言わない。

そんな健気《けなげ》な姿が、なおさら安雄の心を震わせた。しかし、同時に素朴な疑問も湧きあがった。

「どうして抵抗しないんだ？」

つい声に出してしまう。

このオイルマッサージはなにかおかしい。慎吾の言動も怪しくなってきた。盗撮を意識して、卑猥《ひわい》なことをしているとしか思えなかった。

「抵抗したくてもできないんだよ」

紫音が答え合わせをするようにつぶやいた。

意味がわからず視線を向けると、紫音は片頬を吊《つ》りあげてニヤリと笑った。とてつもない秘密がありそうで恐ろしい。だが、妻がどんな目に遭っているのか知りたかった。

「ど……どういうことですか？」

恐るおそる尋ねてみる。すると、紫音はもったいぶるように、にやにやしてから口を開いた。

「あのオイルには媚薬《びやく》がまざってるんだ」

「び……媚薬？」

思わず眉間に皺《しわ》を寄せて聞き返す。

先ほどから妻の身体に塗りたくられているのは、媚薬入りのオイルだった。もちろん妻はなにも知らず、普通のエステだと思ってオイルマッサージを受けていたのだ。

「どんなに貞淑な女でも、最後には喘《あえ》ぎ狂うって代物さ」

「それって、違法なものじゃ……」

「詳しいことは聞かないほうが身のためだ。まあ、南米産の超強力なやつとだけ言っておくよ」

紫音が楽しげに語る声が頭のなかに響き渡る。もはや、安雄はうなずくこともできなかった。

「しかし、エステってのは便利だね。どんな女でも無防備になっちまう。媚薬オイルマッサージを自分から受けてくれるんだから笑いがとまらないよ」

紫音は嬉々として語りつづける。

媚薬オイルが皮膚から染みこめば、女の理性は確実に崩壊するという。エステティシャンの手により、時間をかけてじっくり塗りこまれるのだ。疑ってもいない女性たちが、逃れられるはずがなかった。

「堅物の女教師、お高くとまってる女社長、生意気な女弁護士も、自分からチ×ポを求めてしゃぶりつくようになるんだぜ」

どうやら、ずいぶん前から媚薬オイルを使った盗撮を行ってきたらしい。いったい何人の女性たちが被害に遭ってきたのだろう。

「そうそう、あの弁護士先生には笑ったな。俺たちを訴えようとしたバカな女がいて、女弁護士まで連れてきたんだよ。女性の敵を許しません、とか言ってたけど、罠《わな》を張ってエステに誘導したら、その日から俺のチ×ポ奴隷さ」

自慢気に語る紫音がただただ恐ろしかった。

乱れまくる動画を撮られて、正義感溢れる女弁護士さえ黙ったという。どれほど屈辱的なことをされたらそうなるのだろう。

（お、俺は……とんでもない男と……）

恐怖のあまり全身が小刻みに震えていた。

こんな男にかかわってしまったことを心の底から後悔する。だが、もう逃げ出すことは不可能だ。妻の恥ずかしい動画を握られてしまった以上、逆らうことはできなかった。

「ほら、おっさん。いいところだぞ、ちゃんと見とけよ」

紫音にうながされてノートパソコンの画面に視線を戻した。

「下半身のリンパを流しますね」

慎吾が妻の太腿を撫でているところだった。

ねちっこい手つきで左右の太腿を交互にマッサージすると、両膝を曲げて足裏を合わせる格好を強要する。自然と膝が外側に開き、内腿と股間が無防備にさらされた。

「こ、こんな格好……」

京香がとまどいの声を漏らす。だが、いっさい抗《あらが》うことなく、濡れた瞳で男の顔を見あげていた。

「これはヨガでも行われているポーズです。股関節を開くことで、骨盤まわりの緊張を緩めます。さらにリンパの老廃物を流せば、肌の張りとツヤが劇的に変わるんです」

慎吾は澄ました顔で説明しながら、オイルを内腿と股間に垂らしていく。紙パンティがぐっしょり濡れて、恥丘にぴったり張りついていた。

「あっ……はンンっ」

内腿を膝から股間に向かって撫でられる。男の手のひらがじりじり這い進むことで、京香の唇から甘い声が溢れ出した。

「身体が熱くなってきたんじゃないですか？」

慎吾が声をかけるが、京香はなにも答えない。しかし、なにかを訴えかけるような瞳で男の顔を見あげていた。

「我慢しなくてもいいんですよ。血行がよくなってきた証拠ですから」

手のひらが内腿のつけ根に達している。指先がパンティの縁をなぞり、じりじりと動いていた。

「そ、そこは……ああっ」

きわどいところを刺激されて、京香の唇が半開きになる。内腿も小刻みに震えており、もはや感じているのは明らかだった。

「リンパマッサージですよ。リラックスしてくださいね」

慎吾はそう言い張り、内腿のつけ根を撫でつづける。パンティの縁を指先でなぞり、焦《じ》れるような刺激を与えつづけた。

「ああンっ……も、もう……」

「もう我慢できなくなったんですね」

問いかけられても京香は答えない。それでも慎吾は気を悪くすることなく、指先できわどい部分を撫でている。そして、欲望が高まったころを見計らい、いきなり紙パンティのなかに指を潜りこませた。

「ダ、ダメです、あああッ」

京香の声が響き渡る。しかし、抗っているのは口先だけで、男の手を振り払ったりはしない。それどころか股間をクイッと持ちあげて、全身をガクガクと震わせはじめた。

「あッ……ああッ」

「すごく濡れてますよ。奥さまのここ」

慎吾が語りかけると、女体の震えがさらに大きくなった。

「い、言わないでください、あああッ」

「そんなこと言っても、ほら、音が聞こえるでしょう?」

パンティのなかに潜りこませた指を躍らせる。とたんに湿った音が響いて、京香が首を左右に振りたくった。

「も、もうダメっ、あああッ、ダメですっ」

恥ずかしい事実を指摘されたことが刺激になったらしい。京香は困惑の表情を浮かべながら喘ぎ声をほとばしらせた。

「はああッ、お、お願いですっ、やめてください」

「恥ずかしがらなくてもいいんですよ。ほら、思いきりイッてください」

慎吾が語りかけた直後、女体が施術台の上で跳ねあがった。

「あッ、あッ、も、もうっ、あぁあああああああッ!」

オイルまみれの乳房を揺らしながら、京香が快楽の声を響かせる。女体が激しく震えて、昇りつめたのがはっきりわかった。

(そ、そんな……京香……)

安雄は画面を見つめたまま、思わず涙ぐんでいた。

自分以外の男の手で、妻が絶頂に追いやられてしまった。信じられない光景を目にして、激しいショックを受けていた。

媚薬オイルを使われたうえ、全身をじっくり撫でまわされたのだ。初心《うぶ》な京香にとっては、強すぎる刺激だったに違いない。まったく抗うことができずに昇りつめてしまった。

妻を責めることはできないが、到底受け入れることもできない。安雄は奥歯が砕けそうなほど強く食い縛っていた。

4

「まだ終わりじゃないぞ」

打ちひしがれているところに、紫音の非情な声が降り注ぐ。しかし、安雄はうつむいたまま身動きできなかった。

「ここからが本番だ。肝心なところを見逃すなよ」

それは死刑宣告にも似ていた。

たった今、妻が若いエステティシャンの手によって、呆気《あっけ》なく絶頂に達する姿を見せつけられたばかりだ。これ以上のことがあるとすれば、考えられるのはひとつしかなかった。

「おい、見ろって」

紫音に頭を小突かれる。見ないと殴られそうなので、仕方なく顔をあげて画面に視線を向けた。

「身体が熱くなっているので、これは脱いでしまいましょう」

慎吾の手により、パンティがおろされていく。露になった肉厚の恥丘には、オイルで濡れた陰毛がべったり張りついていた。

「ダ……ダメです」

京香の声はかすれている。

絶頂に追いあげられた直後で身体に力が入らないらしい。それでも両手で乳房と股間を覆い隠した。媚薬オイルを使われても、まだ理性の力がわずかに残っているようだった。

（が、がんばれ……がんばってくれ）

安雄は祈るような気持ちで画面を見つめていた。

施術台のすぐ横で、慎吾が白い施術着とボクサーブリーフを脱ぎ捨てて裸になる。剝き出しになったペニスは、すでに青筋を浮かべてそそり勃っていた。弓なりに反り返り、今にも臍《へそ》につきそうだ。

「ひっ……」

京香がひきつったような声を漏らした。

エステティシャンの長大なペニスを目の当たりにして、恐怖が湧きあがってきたに違いない。なにしろ、安雄などまるで比べものにならない、馬を思わせる巨大なペニスだった。

「物欲しそうな目をして、どうしたんですか？」

慎吾がにやけながら語りかけた。

（そんなはず……）

馬鹿馬鹿しいと思いながら妻の顔に視線を向ける。すると、なぜか京香は頬を赤らめて、男のペニスを凝視していた。

「きょ、京香？」

つい画面に向かって声をかけてしまう。

京香はいやがるどころか興味津々といった感じで、夫以外の男のペニスを見つめている。それだけではなく、なにやら内腿をもじもじと擦《こす》り合わせているのが気になった。

「もう我慢できないみたいですね」

慎吾は施術台にあがると、京香の脚を開いて腰を割りこませる。そして、勃起したペニスを股間に寄せていった。

「い……いけません」

京香は小声でつぶやくが、逃げるわけでもなければ暴れるわけでもない。仰向けになったまま、男のことを見あげていた。

「スペシャルマッサージです。ご遠慮なさらないでください」

ペニスの切っ先が、京香の股間にあてがわれる。画像では確認できないが、妻の濃い紅色の女陰に触れたのは間違いない。クチュッという湿った音が聞こえてきた。

（ぬ、濡れてるのか……京香）

妻の女陰が想像できてしまうだけに、安雄の苦悩は大きかった。胸を引き裂かれるような思いで、画面を見つめつづけた。

「ほうら、入りますよ」

慎吾がゆっくり腰を押し進める。京香は仰向けの状態で、裸体を悩ましく仰《の》け反《ぞ》らせた。

「あッ、ダ、ダメっ……あああッ」

どうやらペニスが入ったらしい。妻の女体に小刻みな痙攣《けいれん》が走り、唇から喘ぎ声が溢れ出した。

さらに慎吾が腰をゆっくり前進させて、ペニスを妻のなかに埋めこんでいくのがわかる。京香の眉が八の字に歪み、呼吸が徐々に荒くなっていく。やがて、ふたりの股間はぴったり密着してしまった。

「はああンっ……お、大きい」

京香は思わずといった感じでつぶやき、慌てて恥ずかしげに睫毛《まつげ》を伏せた。

「わたしのはそんなに大きいですか？」

すかさず慎吾がうれしそうに尋ねる。京香が恥ずかしげに首を左右に振ると、股間を密着させたまま腰をゆったり回転させた。

「あううっ……そ、それダメです」

「旦那さんのより大きいですか？」

「し、知りません……はンンっ」

巨大なペニスが膣《ちつ》をかきまわしているのだろう。京香が腰をよじらせて、せつなげな表情で訴える。だが、慎吾はやめるどころか、ピストン運動を開始してしまった。

「あッ、そ、そんな……ああッ」

「旦那さんの代わりに、たっぷり可愛《かわい》がってあげますよ」

「い、いやです……もう夫のことは言わないでください」

京香の瞳から大粒の涙が溢れ出す。夫以外のペニスを突きこまれて、罪悪感に駆られているようだ。しかし、身体が感じているのも事実で、結合部分から湿った音が響いていた。

「奥さまのなか、すごく気持ちいいですよ」

「ああッ……や、やめてください」

喘ぎまじりに抗議する。だが、オイルにまみれた女体は、逞《たくま》しい男根のピストンに合わせて悩ましげにくねっていた。

「あッ……あッ……」

「こんなに濡れてるのに、やめてもいいんですか?」

女を悦《よろこ》ばせる術《すべ》を心得ているのだろう。慎吾は憎らしいほど冷静に腰を振り、確実に妻を追いつめていく。

「奥さま、本当にやめてもいいんですか?」

「い、いけません……いけないんです」

「でも、旦那さんとはご無沙汰なんでしょう。今だけ楽しみませんか。わたしと奥さまだけの秘密ですよ」

腰を振りながら乳房に手を伸ばす。オイルにまみれた乳首をニュルニュルと摘《つ》まんでは転がし、甘い刺激を送りこんだ。

「ああンっ……ダメぇ」

「ほうら、いい声が出てきましたね。もっと気持ちよくなりたいですか?」

「も、もう……いじめないでください」

京香が堕《お》ちるまで、さほど時間はかからなかった。

媚薬オイルを使われたのだから仕方がない。相手は女の扱いに長《た》けているプロのエステティシャンだ。そんな男に愛撫《あいぶ》されて、初心な京香が耐えられるはずもなかった。

「じゃあ、たっぷり楽しませてあげますよ」

慎吾が本格的に腰を振りはじめる。ペニスを力強く出し入れすれば、瞬く間に喘ぎ声が大きくなった。

「ああッ……あああッ」

女体には完全に火がついている。もうこうなってしまったら、どうにもならない。京香は眉を歪めて困惑の表情を浮かべながらも、絶頂への急坂を駆けあがっていく。

「はあァッ、店長さんっ」

「慎吾です」

「し、慎吾さん……あああァッ」

名前を呼んだことで高まったらしい。京香はオイルまみれの女体を、さらにクネクネとくねらせた。

これほど淫らな妻の姿は見たことがない。安雄に抱かれたときとは、まるで反応が違っている。慎ましやかに喘ぐだけだった妻が、夫婦の寝室では一度も見せたことのない顔で悶《もだ》え狂っていた。

「も、もうダメっ、あああァッ、慎吾さん、もうダメですっ」

「イキそうなんですね。イッていいですよ」

慎吾の言葉が引き金になり、ついに京香が昇りつめていく。

「あああァッ、ゆ、許して……はあああァッ、イ、イク、イクうううッ！」

背中を大きく反らすと、許しを乞いながら喘ぎ声をほとばしらせる。まるで感電したように女体がビクビクと震えた。

「おおおッ、で、出るっ、くおおおおおッ！」

京香が達したのを見届けて、慎吾も射精を開始する。妻のなかにペニスを深く埋めこんだ状態で欲望を解き放ったのだ。男の体が震えると同時に、京香の女体はさらに大きく仰け反った。

「はあああッ、あ、熱いっ、あああああッ」

京香のこんな声は聞いたことがない。妻が手放しで喘ぐ声を耳にして、安雄は絶望のどん底にたたき落とされた。

(や、やめろ……もう聞きたくない)

画面から視線をそらして頭を抱えこんだ。

悪い夢であってほしいと本気で願う。だが、すべては現実に起きたことだ。妻は半年も前に穢されていたのだ。

「いい感じに撮れてただろう?」

紫音が楽しげに笑っている。

この男が諸悪の根源だ。エステサロンの店長である慎吾は、安雄と同じように紫音の罠にはめられたのだろう。店の経営が苦しくて、盗撮を持ちかけられたに違いなかった。

「どうして……こんなこと……」

安雄はようやく言葉を絞り出した。

「そんなの決まってるだろう。金になるからだよ。あんたの奥さんの動画も、サイトにアップすれば飛ぶように売れるぞ」

想像しただけでも恐ろしくなる。

京香の顔は鮮明に映っているのだ。紫音がボカシを入れるはずがない。このまま売られて、もし知り合いが目にしたら確実に京香だとバレてしまう。そんなことになったら、京香がどうなってしまうか心配だった。

「ど、どうか……売るのだけは勘弁してください」

「それはあんた次第だな。ちゃんと盗撮をつづけてるうちは、俺もこの動画は流さない。でも言うとおりにしなかったら、そのときは速攻で動画をサイトにアップするからな」

紫音は目を剝いて凄絶な笑みを浮かべた。

あからさまな脅しだった。妻の動画がいったんインターネットで拡散したら、もう消すことはできなくなる。安雄が警察に駆けこんでも、先に動画をサイトにアップされたらお終いだ。

「結城さん……あなた、いったい……」

妙に腹が据わっている紫音のことが恐ろしかった。

どんな人生を歩んできたら、こんな男になるのだろう。まっとうな人間でないことだけは確かだった。

「ま、まさか、暴力団とか？」

口にしてからまずいと思う。怒らせたら、なにをされるかわからない。全身の毛穴から冷や汗がいっせいに吹き出した。ところが、紫音はこらえきれないといった感じでへらへら笑った。

「勘弁してくれよ。今どき暴力団なんて流行《はや》らねえよ」

確かにそうかもしれない。

以前は関東一円を掌握していた暴力団、柳田組《やなぎだ》もずいぶん力が衰えているという。二カ月ほど前には、柳田組の下部組織である黒岩《くろいわ》興業のことがニュースになっていた。

内部抗争なのか対立する組織による襲撃なのかはわからないが、何者かの手によって壊滅状態に追いこまれたらしい。黒岩興業は特殊詐欺で荒稼ぎをしていたというから、恨みを持っていた者による犯行の線が濃厚だという。

「ブラックスコーピオンって知ってるか？」

　紫音がニヤニヤ笑いながら語りかけてきた。

　名前は聞いたことがある。柳田組に取って代わろうとしている凶悪な半グレ集団だ。

「ま、まさか……」

　額から冷や汗が流れているのに体がカタカタ震え出す。寒くもないのに震えはどんどん大きくなっていった。

「そういうことだ。逃げられると思うなよ」

　紫音は悪名高い半グレ集団、ブラックスコーピオンの一員だった。

　どうして、こんなことになってしまったのだろう。真面目《まじめ》に商売をしてきただけなのに、恐ろしい男に目をつけられてしまった。口車に乗せられて犯罪に荷担してしまったのだ。

　警察に行って自分が捕まるのは仕方がない。しかし、妻の盗撮動画を拡散されるのだけは防がなければならなかった。

（そんなことになったら、京香は……）

妻のことを思うと胸が苦しくなる。下手《へた》なことをすれば、京香は二度と明るい場所を歩けなくなってしまうのだ。

「わかったら、これからもしっかり試着室の撮影しとけよ。ここのところ、いいのがあがってこないぞ。最低でも一日一本な」

紫音は好きなことだけ言うと、USBメモリーを回収して立ち去った。

逆らえるはずがない。妻を人質に取られたも同然だ。安雄はまっ青になり、レジカウンター内の椅子に呆然《ぼうぜん》と腰かけていた。

5

安雄は行く当てもなく車を走らせていた。

時刻は夜九時になろうとしている。いつもならとっくに家についている時間だが、今夜はまっすぐ帰る気になれなかった。

紫音に脅されて追いつめられていたのもあるが、妻が若いエステティシャンに抱かれて乱れていた姿が頭から離れない。京香が悪くないのはわかっている。媚薬オイルを使われて抗えなかったのだ。

心はズタズタに引き裂かれている。平静を装える自信がない。どんな顔で妻に会えばいいのかわからなかった。

（でも……）

今はとにかくひとりになりたい。誰もいないところに行きたくて、自然と街からどんどん離れていた。

アクセルを踏みこむと、エンジンが苦しげな唸《うな》りをあげた。

中古で購入した軽自動車で、もう十年以上乗っている。ここのところ調子が悪く、以前ほどスピードが出なかった。バックミラーを見やると、白い排気ガスが後方にひろがっていた。

（コイツも、そろそろ限界だな）

とはいっても、車を買い換える金などあるはずがない。店は赤字で食っていくのもままならないのだ。

（もう……どうにもならないんだ）

だから最低の犯罪に手を染めてしまった。

追いつめられて悩んでいるところに紫音が現れた。甘い言葉をささやかれて、まずいと思いつつ断ることができなかったのだ。

（俺は最低だ……）

妻の盗撮動画を目にして、自分がどれほど下劣なことをしたのか認識した。もう生きている価値もない。死んでしまえば楽になれる。いっそのこと、このまま消えてしまいたかった。

人のいないほうへ向かっているうちに、いつしか車は雑木林のなかを走っていた。途中までぽつぽつとあった民家や店がなくなり、ヘッドライトが照らすのは周辺の木々だけだ。

街路灯もなくまっ暗になっている。地獄へ向かう一本道のように感じられた。

「ふっ……」

思わず自嘲的な笑みが漏れる。

今の自分にぴったりな道だと思った。遠くまで行きたい。エンジンが焼きつくまで走りつづけよう。どうせ自分などこの世から消えたところで、誰も困らないのだから……。

そのとき、ヘッドライトがなにかを照らし出した。

前方の林のなかに大きな建物がある。体育館かと思ったが、こんな場所にあるはずがない。無意識のうちにアクセルを緩めると、吸い寄せられるようにハンドルを切っていた。

（工場……いや、倉庫か）

車を停《と》めて窓から見あげる。砂利《じゃり》道を進んだ先にあったのは、プレハブの巨大な倉庫だった。

正面に見えるスライド式の扉は錆《さび》だらけだ。高い位置にある窓ガラスは割れており、周囲は雑草が伸び放題になっている。どう見ても現在は使われていない廃倉庫だった。

ここにたどり着いたのも運命かもしれない。

安雄はサイドブレーキを引くとエンジンを切った。ヘッドライトを消したことで周囲は闇に包まれた。

ドアを開けて砂利の上に降り立った。

周囲はシーンと静まり返っている。九月の生温《なまぬる》い風が吹き抜けて、木々がカサカサと音を立てた。普段なら恐怖に駆られているだろう。しかし、今は不思議と気持ちが落ち着いた。

しばらく立ちつくしていると、だんだん目が暗さに慣れてくる。雲が流れて月が顔を出し、巨大な廃倉庫を照らし出した。

（ちょうどいいかもしれないな……）

倉庫に歩み寄ると、正面の扉に手をかける。錆びついて動かないと思ったが、意外にもあっさりスライドした。

割れた窓からわずかに月明かりが差しこんでいる。倉庫の床はコンクリートが剝き出しで、埃《ほこり》っぽい空気がよどんでいた。割れたガラスやパイプ椅子が転がっており、人が出入りしている気配はなかった。

頭上を見あげると、金属製の梁《はり》が走っていた。

ところどころ錆が浮かんでいるが、まだしっかりしている。人がひとりくらいぶらさがっても充分耐えられるだろう。

倉庫のなかを見まわすと、梱包《こんぽう》用のビニール紐が落ちていた。

玉状になっているビニール紐を放り投げて梁に渡すと、パイプ椅子を持ってきてその上に立った。倉庫の入口を見る向きだ。ビニール紐を縛って輪を作り、そこに首をかけた。

（さようなら……）

愛する妻の顔が脳裏に浮かんだ。

やっぱりやめようと思うが、先ほど目にした盗撮動画が頭のなかに押し寄せてきた。オイルまみれの裸体を悶えさせて、慎吾のペニスでよがり泣いている。夫には一度も見せたことのない顔で絶頂に達していた。

「くっ……」

思わず奥歯をギリッと噛んだ。

もうこの世に未練はない。ビニール紐がしっかり首にかかっていることを確認すると、思いきってパイプ椅子を後方に蹴り飛ばした。

「うぐッ」

勢いよく体重がかかり、首にビニール紐が食いこんだ。しかし、痛みを感じたのは一瞬だけで、すぐに息苦しさが襲ってきた。

無意識のうちに空気を求めて、ビニール紐で締まっている首をかきむしる。宙で両足をばたつかせるが、もうそこにパイプ椅子はない。体が虚《むな》しくグラグラ揺れるだけだった。

（し……死にたくない）

自ら命を絶とうとしたのではなかったか。それなのに、意識が途切れる寸前に浮かんだのは生への執着だった。

視線の先に倉庫の扉が見えている。開け放ったままの扉の向こうは、月明かりで青白く光っていた。だが、それも急速に霞《かす》んでいく。外に出たい。安雄は無意識のうちに右手を伸ばしていた。

地鳴りが聞こえる。地獄への扉が開いたのだろうか。その直後、倉庫の入口に黒い人影が見えた。月明かりをバックに立ちつくしている。天使なのか、悪魔なのか、どこの誰かもわからなかった。

(た……助け……)

もう声にならない。安雄は懸命に手を伸ばして、両足で宙を蹴っていた。意識が闇に吸いこまれていく。ついに思考が途切れて、伸ばしていた手から力が抜けた。

「ううっ……」

自分の呻《うめ》き声だと認識するのにしばらくかかった。

全身に激しい衝撃を受けて、鈍い痛みがひろがっていた。硬くて冷たい物が頬に当たっている。どうやらコンクリートの床らしい。ズキズキと痛む額に手を伸ばすと、ドロリとしたものが指先に触れた。

(血……血だ)

出血していることに気づき、ようやく生きていることを実感する。一拍置いて、涙がどっと溢れ出した。

死ぬに死にきれなかった。

情けないと思うが、ほっとしている自分もいた。パイプ椅子を蹴って首を吊った瞬間、後悔したのも事実だった。

（生きてるんだ）

コンクリートの床で仰向けになると、何者かが歩み寄ってきた。

先ほど倉庫の入口に立っていた人物だろう。黒いフルフェイスのヘルメットをかぶっている。黒いライダースーツに身を包み、グローブもブーツも黒で統一されていた。

どうやらバイクに乗ってきたらしい。先ほどの地鳴りは、もしかしたらバイクのエンジン音だったのではないか。

（女……）

身体つきを見てすぐにわかった。職業柄、相手の体形から似合う服やサイズを考える癖がついていた。

日本人離れしたプロポーションだった。

月明かりがバックになっているため、女体の曲線が浮かびあがっている。乳房のふくらみはもちろん、くびれた腰からむっちりした尻にかけてのラインに視線が吸い寄せられた。

「あ、あなたが……助けてくれたのですね」

安雄は体を起こすと、震える声で語りかけた。

全身が痛くて立ちあがれない。なんとかコンクリートの床で正座をすると、目の前に立つライダースーツの女を見あげた。

「あなたがいなかったら、俺は今ごろ……」

思い返すだけで恐ろしくなる。先ほどはどうかしていた。追いつめられて、苦しみから逃れることしか考えられなかった。

「本当にありがとうございます」

安雄は深々と頭をさげて礼を言う。

ところが、ライダースーツの女は腰に手を当てて黙っている。スモークシールドの向こうからじっと見つめているのだろう。自殺しようとしていた男を見つけて「命を粗末にするな」と怒っているのかもしれない。安雄は無言のプレッシャーをひしひしと感じていた。

「ちっぽけな店を経営してるんですが、赤字でして……」

助けてもらった手前、経緯を説明するべきだと思った。

なにしろ彼女は命の恩人だ。後日、きちんとお礼をしなければならない。正直に名前と店名を告げると、格安アパレルチェーンの進出で店の経営が悪化したことを話した。

ところが、女は黙っている。相づちすら打ってくれなかった。

すべて見透かされている気がした。自殺しようとするくらいだ。もっと深刻な事情があるとわかっているのではないか。

「じ、じつは――」

迷ったすえ、犯罪に手を染めてしまったことを打ち明けた。

胸に溜《た》めこんでいたことを吐き出したかったのかもしれない。これまで、妻に相談することもできず、自分ひとりで抱えこんできたのだ。話しはじめたらとまらなくなった。

「結城紫音って、とんでもない男がいまして、こいつが半グレの一味らしいんです。ブラックスコーピオンっていうんですけど、うちの経営が苦しいことをどこかで知って、近づいてきたんです」

紫音に盗撮を持ちかけられて口車に乗ったこと、妻がエステサロンで媚薬オイルマッサージを受けて、さらにエステティシャンとセックスするところを盗撮されたこと、その動画をつかまれているので逆らえないこと、ときおり涙ぐみながらすべてを吐き出した。

「でも、あなたに助けていただいたおかげで気づけました。俺が死んだら、残された妻がもっと苦しむことになる。俺が守らなくちゃいけないんです」

安雄は決意を新たに言いきった。

媚薬オイルマッサージの盗撮映像を見て動揺したが、もっとも被害を受けたのは妻だった。今は京香のことを一番に考えなければならない。そんな当たり前のことも考えられないほど、追いつめられていたのだ。

「このお礼は必ず……お名前と連絡先を教えていただけませんか」

安雄はコンクリートの床に正座をしたまま問いかけた。

「わたしじゃない」

はじめて女がしゃべった。澄んだ声だが感情が感じられない。たったひと言だが、安雄は気圧されたように黙りこんだ。

そのとき、床に落ちているビニール紐が目に入った。

切り口がギザギザになっている。拾いあげて触れてみると、ビニールの繊維が崩れるように細かく散った。もしかしたら、劣化していたので自然に切れただけかもしれない。

「こんなところで死なれたら迷惑だから、すぐに出ていってくれるかしら」

抑揚のない淡々とした口調だった。

目の前で男が自殺しようとしたのに、まったく動揺している様子がない。どこか突き放すように言うと、スモークシールドごしに彼女の瞳がキラリと光るのがわかった。

（なっ……）

背筋がゾクッと寒くなる。

紫音ににらまれたときと似たような戦慄を覚えた。いやな予感がこみあげて胸の奥にひろがった。

紫音は半グレ集団、ブラックスコーピオンの一員だ。もしかしたら、この女も危険な組織に所属しているのだろうか。そうだとしたら、落ち着き払った態度も納得がいく。

安雄が固まっていると、女が無言で開け放ったままの扉を指差した。

とっとと出ていけと言いたいのだろう。とにかく、危険な匂いがする。安雄は這いつくばるようにして倉庫から逃げ出した。

青白い月明かりが降り注ぐなか、よろよろと走っていく。

安雄の軽自動車の隣に、黒馬を思わせる大きなオートバイが停まっていた。車体の大部分が、カウルと呼ばれる黒い風防に覆われており、大きなガソリンタンクには「Ｋａｗａｓａｋｉ」のロゴが見えた。

あの女のオートバイに間違いない。

このサイズなら排気量もかなりのものだろう。ぱっと見たところ１０００ＣＣはありそうだ。プロポーション抜群の美女が、これほど巨大なオートバイに乗っているとは信じられない。

しかも夜の廃倉庫にたったひとりでやってくるとは、やはりただ者とは思えなかった。

第二章　屈辱の絶頂

1

（俺の妻に限って、まさか……）

安雄は食卓でコーヒーを飲みながら、対面キッチンで料理をしている京香をチラチラと見ていた。

白いTシャツに水色のフレアスカートを穿《は》き、その上に胸当てのあるグリーンのエプロンをつけている。茶色がかっているふんわりした髪が、肩を柔らかく撫《な》でていた。

いつもの淑《しと》やかな妻だった。

京香はひとまわり年下の三十四歳だ。料理が上手で掃除も洗濯も得意、性格は穏やかで、金銭感覚もしっかりしている。自分にはもったいないくらいの完璧な女性だった。

――きれいな奥さんですね。

――旦那さんがうらやましいです。

――若くて美人で最高じゃないですか。

同じ賃貸マンションに住んでいるお父さん方から、よくそんな言葉をかけられる。そのたびに謙遜しつつも内心うれしくて仕方がない。実際、京香はどこに出しても恥ずかしくない自慢の妻だった。

(それなのに……)

思わずため息が漏れそうになり、ギリギリのところで呑《の》みこんだ。

エステサロンの盗撮映像が頭から離れない。若いエステティシャンにオイルを塗りたくられて悶《もだ》えていた。最終的にはペニスを挿入されて、絶頂に追いあげられたのだ。

(俺以外の男に抱かれて、そんなによかったのか?)

気を抜くと嫉妬が湧きあがってくる。

妻があれほど淫らな声で喘《あえ》ぐと知らなかった。媚薬《びやく》オイルを使われたのだから抗《あらが》いようがない。頭ではわかっているつもりだが、どうしても裏切られたような気持ちになってしまう。

昨夜はまっすぐ帰宅する気になれなかった。行く当てもなく車を走らせた。そして、たまたま見つけた廃倉庫で衝動的に自殺を図った。ビニール紐《ひも》が劣化していたことで命拾いした。

そういえば、あのライダースーツの女は何者だったのだろう。危険な匂いを纏《まと》っていたが、今にして思うと紫音とは根本的に違っていた。

あのあと、安雄は倉庫から這《は》い出ると、車に戻りこんで逃げ帰った。

帰宅したのは夜の十一時前だ。いつもよりずいぶん遅くなり、京香は不安げな表情で待っていた。メールすらしなかったので、安雄になにかあったと思ったらしい。実際、額には乾いた血がこびりついていた。

とっさに転んで頭をぶつけたと口走った。不自然な嘘《うそ》になってしまったが、妻は信じてくれたらしい。深く追及してくることはなかった。首にはビニール紐の痕が残っていたが、幸い色が薄かったのでごまかせた。

とにかく、悪の元凶は紫音だ。

京香を抱いた慎吾のことは面白くないが、彼も紫音に騙《だま》された被害者だ。経営が苦しい店をなんとかしたくて、藁《わら》にも縋《すが》る思いで紫音が提案した盗撮の話に乗ってしまったのだろう。

「お待たせしました」

京香が対面キッチンのカウンターをまわりこんできた。

皿には目玉焼きとカリカリに焼いたベーコンが載っている。トーストもちょうど焼きあがり、彼女はテーブルを挟んだ向かい側の席に腰かけた。

「うん……」

どうしても目を合わせることができない。ごまかそうとして、いきなりトーストに齧《かじ》りついた。

「安雄さん？」

京香が不思議そうに顔をのぞきこんでくる。そして、額の傷をじっと見つめてきた。

「元気ないのね」

「そ、そんなことないよ……」

なにか言ったほうがいいと思う。だが、なにも頭に浮かばない。妻の淫らな姿が脳裏にこびりついていた。

（そういえば……）

ふと疑問が湧き起こった。

確か紫音は半年前の映像だと言っていた。京香がはじめてエステサロンに行ったときのものだ。映像のなかに、そういう会話も残っていた。だが、京香はその後もエステサロンを利用しているはずだ。

——また行ってもいい？

そう言っていたのを覚えている。

媚薬オイルを使われて、セックスまでしているのに、自らエステサロンに行くとはどういうことだろうか。

（まさか、あの男のことを気に入ったのか？）

慎吾の顔を思い浮かべる。

甘いマスクのいかにもモテそうな男だった。しかし、妻の好みかどうかはわからない。それほど顔にこだわるイメージはなかった。ということは、セックスが目的なのだろうか。

（い、いや、いくらなんでも……）

妻に限ってあり得ない。心のなかで否定するが、貞淑な京香があれほど喘がされたのだ。快楽の虜《とりこ》になっていてもおかしくなかった。

はじめてエステサロンに行ったあと、京香は平然としていた。エステティシャンとセックスしたことなどおくびにも出さなかった。それどころか「すごくよかった」などと言っていたのだ。

——また行ってもいい？

あれはセックスしたかっただけではないのか。

すべてを把握しているわけではないが、あれからも月に一回は行っているようだ。もしかしたら、もっと行っているかもしれない。安雄は店を立て直すことに必死で、京香の行動を気にかけている余裕がなかった。

行くたびに媚薬オイルマッサージを受けているのだろうか。そのあとは慎吾の逞《たくま》しい男根で貫かれているのではないか。そんなことは考えたくない。だが、昨夜の映像を見たことで、想像せずにはいられなかった。

（ち、違う、そんなはず……）

妻を信じたくて、必死に他の可能性を模索した。

もしかしたら脅されているのではないか。一回目の施術のあと、盗撮していたことを告げられて、また来るように強要されているのかもしれない。そして、さらに淫らな動画を撮られて、新たな脅しの材料にされてしまう。京香は夫にも相談できないほど苦しんでいる可能性もあった。

（京香、そうなのか？）

安雄は心のなかで妻に問いかけた。

何事もなかったような顔をしているが、本当は心のなかで泣いているのではないか。穢《けが》されたことを夫に知られたくなくて、懸命に平静を装っているのかもしれない。

（あれから、半年か……）

目玉焼きを口に運びながら、向かいに座っている妻の顔をチラ見した。

穏やかな表情でコーヒーを飲んでいる。窓から差しこむ朝の光が、整った横顔を照らしていた。

いつもの朝の光景だ。このまったりしたひとときに幸せを感じていた。しかし、今朝はいつもと違って見える。妻が淫らに昇りつめる姿を知ってしまった今、心穏やかではいられなかった。

妻のことは守りたい。だが、湧きあがる嫉妬はどうすることもできなかった。

（なんとかしないと……）

安雄はコーヒーを飲んでいる妻を見て、密《ひそ》かに決意を固めていた。

2

妻が通っているエステサロンは駅の近くにあるはずだ。チラシに載っていた地図を見たので、なんとなく覚えていた。

安雄はいつもどおりに車で出勤したが、店は開けなかった。ニシジマ洋品店のシャッターに「本日臨時休業」の札を出すと、その足でエステサロンへと向かう。ひとりで悶々《もんもん》と考えていても進展はない。直接、店に行って確かめるしかないと思った。

店長の白川慎吾と腹を割って話してみるつもりだ。もしかしたら、ほかにも京香の盗撮映像があるかもしれない。紫音に渡す前の物があれば、それだけでも回収しておきたかった。

踏切を渡って駅の北側に出た。うろ覚えだったが、チラシにはどこかのビルの三階と書いてあった。記憶に残っている場所まで行くと、雑居ビルを一軒いっけんチェックして歩いた。

四軒目だった。とある雑居ビルの入口に「エステサロン・ミューズ」という看板を見つけた。確かこんな名前だった気がする。他にエステサロンは見当たらないので、おそらくここではないか。とにかく、直接訪問して確認してみるしかなかった。

(ここにあいつが……)

雑居ビルを見あげて、慎吾の顔を思い浮かべた。

妻を抱いたことは根に持っている。だが、慎吾に会う目的は別にある。紫音に騙された者同士、情報を交換しておきたかった。

なんとかして、あの男から逃れなければ妻を守ることはできない。警察に告発することも考えている。そのためには、紫音に関する情報をできるだけたくさん集めておきたかった。

(よし、行くぞ)

意を決して雑居ビルに入っていく。古いビルなのでエレベーターは設置されていなかった。

逸《はや》る気持ちを抑えながら、階段を一歩一歩ゆっくりあがる。各階にひとつのテナントしか入っていない小さな雑居ビルだ。一階は不動産屋で二階は鍼灸院《しんきゅういん》、そして三階がエステサロンになっていた。

スチール製のドアがあり、曇りガラスから明かりが漏れている。「エステサロン・ミューズ」というプレートもかかっていた。

(ここか……)

いざとなると緊張してしまう。

エステサロンというと、女性が行くお洒落《しゃれ》な場所というイメージだ。四十六歳の安雄はさぞ場違いだろう。それでも、思いきってドアを開けると、店内に足を踏み入れた。

入ってすぐのところに受付カウンターがあるが誰もいない。奥はクリーム色のカーテンで閉ざされており、見えないようになっている。男女の談笑する声が聞こえてくるが、人が出てくる気配はなかった。

(なんか、想像してたのと違うな)

スタイリッシュな空間をイメージしていたが、ずいぶん簡素な作りだ。

受付カウンターは事務所などでよく使われているスチール製で、床は年季の入ったリノリウム。壁紙だけは白いものが貼られていた。

「こんにちは……」

奥に向かって声をかける。すると、慌てた様子で若い女性がやってきた。

「はーい」

軽い感じの声だった。

瞳が大きくて、愛らしい顔立ちをしている。髪はハイトーンカラーのセミロングで艶々していた。

白い半袖の施術着を纏っているので、エステティシャンなのだろう。下半身はズボンなので露出は少なめだが、身体《からだ》にぴったりフィットしているため、女体のラインが浮き出ていた。

乳房はふっくらしており、腰は細く締まっている。尻はむちっとして、ズボンがパンパンに張りつめていた。

「あの……店長さんはいらっしゃいますか」

安雄が緊張ぎみに切り出すと、とたんに彼女の表情が硬くなる。そして、真意を探るように見つめてきた。

「どういったご用件でしょうか?」

怪訝《けげん》そうな瞳を向けられて、ますます緊張してしまう。やはり安雄は場違いだったらしい。迷惑をかけたわけでもないのに、悪いことをしている気分になってしまう。

「すみません。俺、客じゃないんです。こちらの店長さん、白川慎吾さんですよね？」

思いきって慎吾の名前を出してみると、彼女の表情が少しだけ緩んだ。

「店長の知り合いなんですか？」

「知り合いってほどでも……妻がお世話になっておりまして」

「奥さまはこちらをご利用になったことがあるのですね」

さらに彼女の態度が軟化する。顧客の夫だとわかり、微笑さえ浮かべて語りかけてきた。

「はい……西島京香っていうんですけど」

この店だと確信して妻の名前を告げる。すると、彼女の背後にあるカーテンが開いた。

「わたしが店長です」

どうやら、こちらでやり取りしている声を聞いていたらしい。奥からひとりの男が姿を見せた。

(こいつだ、間違いない)

映像で見たのと同じ顔がそこにあった。

白川慎吾に間違いない。この男が妻の身体を無遠慮に撫でまわして、さらにはペニスを深々と挿入したのだ。

(くっ……)

思わず拳を握りしめた。

顔を見たことで屈辱がこみあげる。知らない間に妻を寝取られていたと思うと腹立たしかった。

他にも三人の男性従業員が現れる。先ほどの女性も含めて、総勢五名がこの店で働いているらしい。慎吾の後ろに並んで立ち、全員が探るような目を安雄に向けていた。

「西島京香さまはわたしが担当させていただいております。今日はどういったご用件で?」

口調こそ丁寧だが、慎吾もかなり警戒している。頰の筋肉がこわばっており、安雄の出方をうかがっているような雰囲気があった。

(この野郎、よくも……)

自分がやったことを棚にあげて、訝《いぶか》るような目を向けてくるのだ。

殴りかかりたい衝動がこみあげるが、理性の力を総動員して抑えこむ。慎吾を殴ったところで解決しない。紫音をなんとかしなければならないのだ。とにかく、今は冷静に話すことが重要だった。

「いつも妻がお世話になっております。じつは、店長さんと折り入ってお話ししたいことがございまして」

「話……ですか？」

慎吾がとまどいの表情を浮かべる。まさか盗撮映像のことがばれているとは、思いもしないのだろう。

「わたしは洋品店を営んでおります。こちらは店長さんが経営されているお店ですか？」

「え、ええ、そうですけど……」

「経営者同士、お話をさせていただけないでしょうか」

安雄の言葉を聞いて、慎吾の顔色が変わった。「経営者同士」と言ったことでピンと来たらしい。

「わかりました」

ようやく、慎吾は納得した様子でうなずいた。

他の従業員たちは、ふたりのやり取りをじっと見つめている。なにやら鋭い目つきになっているのが気になった。

「では、奥にどうぞ」

慎吾がそう言ってカーテンを開けてくれる。安雄はうながされるまま、受付カウンターの横を通って奥へと進んだ。

カーテンで区切られたスペースが左右に三つずつ、計六つの施術スペースがある。だが、今はまだ朝早いせいか、ひとりも客が入っていない。安雄は右奥の施術スペースに案内された。

「どうぞ、お座りください」

慎吾はカーテンを閉めると、座るように勧めてきた。

だが、座る気にはなれなかった。京香がエステを受けた映像を思い出してしまう。妻が座ったのはこの施術台だろうか。そんなことを考えると落ち着かない気持ちになり、施術台に近づくのもいやだった。

「このままで結構です」

安雄がつぶやくと、慎吾も立ったまま目でうながしてきた。

「結城紫音という男をご存知ですか？」

いきなりストレートに尋ねてみる。

当然、慎吾は知っているはずだが、どういう態度を取るのか気になった。もしかしたら、最後までしらを切る可能性もある。協力してくれなければ、紫音を告発することはできなかった。

慎吾は困惑した様子で黙りこんだ。

紫音に盗撮を持ちかけられて、それを実行したのだ。罪悪感に苛《さいな》まれているのかもしれない。安雄自身も同じことをやっているからこそ、認めたくない気持ちはわからなくもなかった。

「わたしの洋品店は恥ずかしながら経営が悪化していたんです。もうダメだと思ったとき、あの男がやってきて——」

安雄は紫音に言いくるめられて、盗撮をはじめたときのことを話した。

「わたしは、今、ものすごく後悔しています。もしかしたら、店長さんも同じなんじゃないですか」

できるだけ冷静に話したつもりだ。

妻とセックスした慎吾への怒りは腹の底でくすぶっている。だが、今は口にするべきではなかった。

「じつは……うちも同じような感じなんです」

慎吾が重い口を開いた。

赤字に落ちこんでいた店を立て直すため、慎吾に持ちかけられた盗撮の話に乗ってしまったという。

「従業員の給料も払わなくちゃいけないし……悩んだすえに……」

「でも、そのせいで苦しんでいる人がいるんです。被害に遭われた女性たちの気持ちを考えたことがありますか」

妻のことを思って、つい口調が強くなってしまう。

安雄も試着室の盗撮をしたが、慎吾がやっていたことはレベルが違う。媚薬を使ってセックスまでしているのだ。

「妻の映像を見たとき、本当にショックでした」

安雄は懸命に怒りを抑えながら切り出した。すると、慎吾の顔が見るみるひきつった。

「まさか、ご覧になったのですか?」

「ええ……」

思い出すとつらくなるだけだ。細かいことは語らず、あえて短く返事をするだけにした。

「す、すみません……あの男に脅されて、仕方なく……」

慎吾の声は消え入りそうだった。がっくりうつむき、それでも絞り出すような声で語りつづける。

「盗撮していることをばらされたくなかったら、命令に従えって……店がつぶれたら、従業員たちが路頭に迷ってしまう。守りたかったんです」

安雄のときとまったく同じだ。

自分は安全なところにいて、人に危険なことをやらせる。そして、自分はおいしいところを持っていく。動画をインターネットで売りさばき、荒稼ぎをしているのだ。紫音という男は狡賢《ずるがしこ》くて最低の男だった。

「奥さまには、本当に申しわけないことを……旦那さんにもつらい思いをさせてしまって……本当にすみませんでした」

慎吾は今にも泣き出しそうな顔で頭をさげた。

「店長さん……」

この人も被害者だ。妻を穢したことは到底許せないが、同時に同情心も湧きあがってきた。

「今後のことなのですが、協力し合って戦いませんか」

ここからが本題だ。安雄が声のトーンを落として切り出すと、慎吾は驚いた様子で見つめてきた。

「戦うって、あの男とですか？」

「このままだと、骨の髄までしゃぶられてしまいます。そうなる前に力を合わせて反撃するんです」

「でも、どうやって……」

少しは乗り気になってきたらしい。慎吾の顔つきが変わってきた。

「まずは、妻が映っている動画をすべて消去してもらいたいのです」

妻だけは守りたい。自分の犯罪行為をなかったことにはできないが、せめて愛する妻が被害に遭った証拠は消し去りたかった。

「妻の安全が確保できたら、わたしは警察に行って、すべてを洗いざらい話します」

「でも、あの男に脅されたって証拠はないですよ」

確かに、紫音は自分が捕まることはないと豪語していた。販売サイトの運営も自分は直接かかわっていないようだった。おそらく、借金まみれの連中にやらせているのだろう。

「あきらめたらお終《しま》いです。わたしと店長、被害者がふたりもいるんですよ。警察が本気になって捜査すれば、きっと犯罪の証拠が出てくるはずです」

「そうは言っても……」

「こんなことずっとつづくわけがない。いずれ発覚するんです。それなら、これ以上被害者を出すべきじゃない。今のうちに手を引いたほうがいい」

安雄は必死に説得した。

このままでは妻のような被害者が増えるのだ。どこかで断ち切らなければならなかった。

慎吾は黙りこんでいる。どうするべきか考えているのだろう。従業員を抱えているのだから、悩むのは当然のことだ。しかし、最終的には同じ考えに至ると信じていた。だから、安雄は決して返事を急《せ》かさなかった。

そのとき、カーテンの向こうでドアの開閉する音が聞こえた。お客さんが来店したのかもしれなかった。

「他にも協力してくれる人はいますか？」

考えこんでいた慎吾がぽつりとつぶやいた。

「いえ、わたしと店長さんだけです」

「誰かに相談したりとかは……」

「こんなこと、相談できる人はいません」

安雄の言葉を受けて、慎吾が小さく息を吐き出すのがわかった。

「そういうことです。聞こえましたか」

いったいなにを言っているのだろう。慎吾は先ほどまでとは打って変わった大きな声で叫んだ。

その直後、カーテンが勢いよくシャッと開いた。

「おらぁッ！」

紫音だった。いきなり顔面を殴りつけられて、安雄は後方に吹っ飛んだ。背中が壁にぶつかり、そのままリノリウムの床に崩れ落ちた。

「おいおいっ、やってくれるじゃねえか」

目を剝《む》いた紫音が、革靴で蹴りつけてくる。つま先が腹や鳩尾《みぞおち》に何度もめりこみ、たまらず腹を抱えてまるまった。それでも紫音の暴行がやむことはない。今度は足の裏で頭や脇腹を踏みつけられた。

「おらっ、おらっ！」

「うぐッ……おごぉッ」

安雄は呻《うめ》き声を漏らすことしかできない。反撃どころか、言葉を発する余裕すら与えられなかった。

「俺に逆らうってことは、ブラックスコーピオンに盾突くのと同じだぞ。わかってんのか！」

まさにキレたという表現がぴったりだ。紫音の暴れ方は強烈だった。全身を蹴りまくられて、もうどこが痛いのかもわからない。胎児のように小さくなり、ただ痛みに耐えていた。

このまま蹴り殺されるのかもしれない。薄目を開けると、視界の隅に薄笑いを浮かべている慎吾の姿が映った。慎吾の後ろには従業員たちもいて、ニヤニヤ笑っていた。

（ああ、そういうことか……）

安雄は薄れていく意識のなかで、すべてを悟った。

慎吾は脅されていたわけではない。おそらく、紫音の仲間なのだろう。従業員たちもそうだ。全員がグルだったのだ。

安雄が訪れた時点で、すぐに慎吾が紫音に連絡を入れたのだろう。そして、安雄がなにを計画しているのかを聞き出した。さらには他の誰にも話していないことまで確認したのだ。

（きっと、俺はこのまま……）

そのとき、頭を強く蹴られて意識が闇に呑みこまれた。

3

「うっ……うぅっ」

自分の呻く声で目が覚めた。

どうやら気を失っていたらしい。口のなかが切れているらしく、鉄の味がひろがっていた。

あたりはすっかり静かになっている。いったい、どれくらい気絶していたのだろう。腫れて重くなった瞼《まぶた》をゆっくり持ちあげると、蛍光灯の光が目に飛びこんできた。

「くっ……」

眩《まぶ》しくて顔をそむけた瞬間、全身に痛みが走った。

あれだけ激しい暴行を受けたのだ。命があるだけでもほっとした。しかし、今どういう状態なのか、さっぱりわからなかった。

「意識が戻ったみたいね」

女性の声が聞こえた。

安雄は腫れぼったい瞼を持ちあげて、声がした方を見やった。すると、先ほど受付カウンターにいた若い女が立っていた。

「どうも、エステティシャンの新山麻友《にいやままゆ》です」

女は微笑を浮かべて名乗った。

麻友と名乗った女は、わざわざ二十四歳だとつけ加えた。本物のエステがはじまる前は、こんな雰囲気なのだろうか。

そのときはじめて、自分が施術台の上にいることに気がついた。気絶している間に乗せられたのだろう。仰向《あおむ》けになり、両腕を頭上に伸ばした状態で横たわっていた。

腕を戻そうとしたとき、手首に硬い物が食いこんだ。頭上を見あげると、手錠をかけられているのが目に入った。

「えっ……」

慌てて腕を引くが、手錠の鎖に別の鎖が取りつけられており、それが施術台の上部に固定されていた。つまり、安雄はバンザイをした状態から身動きできないのだ。

「な……なんだ？」

テレビや映画でしか見たことのない手錠が、自分の手首にはまっている。腕を揺するが、鎖がジャラジャラと不快な音を響かせるだけだった。

「暴れても無駄だよ。絶対に取れないから」

麻友が楽しげに語りかけてくる。愛らしい顔をしているが、瞳の奥には妖しげな光が宿っていた。

（そ、そうだ、あいつは？）

ふと思い出して周囲に視線をめぐらせる。

紫音がどこにいるのか気になった。あの男から暴行を受けたことで、全身が痛んでいるのだ。拘束されてしまった以上、無防備な状態でさらなる暴力を受ける可能性があった。

ところが、この施術スペースにいるのは麻友だけだ。

拘束してあるとはいえ、女だけというのは無防備ではないか。いや、カーテンの向こうには紫音がいるに違いない。下手《へた》に抵抗すれば、また殴る蹴るの暴行を受けてしまう。

「紫音さんならもういないよ」

まるで内心を見透かしたように麻友がつぶやいた。

それを聞いてほっとする。先ほどの暴れ方を思い返すと、平気で人を殺しそうな気がした。

「あの人は忙しいから、おじさんに構ってる暇なんてないんだよね」

小馬鹿にしたような物言いが腹立たしい。だが、紫音はいなくても、ほかの従業員がいるはずだ。それを考えると、抵抗する気力が湧かなかった。

「あっ、そうそう先に言っとくけど、ヘンな気は起こさないでね。これでサクッといっちゃうよ」

麻友はどこから取り出したのか、ジャックナイフを見せつけてくる。鋭い刃がギラリッと光り、それだけで安雄は震えあがった。

この女も舐《な》めてかかるとなにをするかわからない。アイドルのように可愛《かわい》らしいが、紫音の仲間だ。笑いながらジャックナイフを突き立てそうで恐ろしい。

「店長たちも向こうにいるから、騒がないほうがいいよ。わたしになんかあったら、おじさん、殺されちゃうかも」

笑みを浮かべながら口にできるのが異常だった。

麻友も暴力と犯罪の世界にどっぷり浸って生きているに違いない。安雄とは絶対に相容《あいい》れない種類の人間だ。

「て、手錠をはずせ……」

声を出すと胸に痛みが走った。

散々蹴られたことで肋骨《ろっこつ》を痛めたらしい。革靴のつま先がめりこんだ鳩尾もジンジンしていた。

「それが人にものを頼む態度？」

麻友の目が冷たい光を放った。

なにかいやな予感がする。思わず身をよじったとき、自分の身に起きている異変に気がついた。

「お、おい……俺の服はどうした？」

なぜか服を着ていない。すべて奪われて裸になっていた。ペニスが剝き出しになっているのを見て、羞恥と屈辱が同時にこみあげた。

「ふふっ、やっと気づいたんだ。おじさん、案外鈍いんだね」

「服を返してくれ」

「返せって言われて、素直に返すわけないでしょ」

麻友はいったん施術台から離れると、壁に歩み寄っていく。そして、壁紙の小さな黒い点を指先で示した。

「ねえ、これわかる？」

「な……なんだ？」

息が苦しい。鳩尾を蹴りつけられたせいだろう。顔全体が腫れぼったくて、全身が熱を持っていた
「ここにカメラがあるんだよ」

「カ、カメラ？」

「そう、隠しカメラ……ふふふっ」

麻友は弾むような調子で言うと、なぜか施術着を脱ぎはじめる。

上着を取り去れば、いきなり黒いブラジャーが現れた。若い乳房がカップで寄せられて、瑞々《みずみず》しい谷間を作っている。黒い下着が雪のように白い肌を際立たせていた。

「撮られてると思うと照れちゃうなぁ」

「まさか、隠し撮りしてるのか？」

「当たり前でしょ、カメラがあるんだもん。もうバラしちゃったから、隠し撮りにならないけどね」

麻友はまったく悪びれる様子がなかった。

ズボンをおろして抜き取ると、ガーターベルトと黒いセパレートタイプのストッキングが露《あらわ》になる。もちろんパンティも黒というセクシーすぎる格好だ。可愛らしい容姿とのギャップが妖しい雰囲気を醸し出していた。

「奥さんがされたのと同じことをしてあげる」

「な……なんだって？」

「これを使った映像、見たんでしょ」

麻友は床に置いてあったなにかを取りあげる。そして、それをサイドテーブルの上にコトリと置いた。

「それは……」

見覚えのある瓶だった。

「そう、媚薬オイル。これ、すっごく効くんだから」

麻友の口調がねっとりしたものに変わっている。瓶の蓋を開けると、安雄の胸の上でそっと傾けた。とろみのある透明な液体が垂れてくる。胸板に触れた瞬間ひんやりした感覚がひろがった。

「うっ……」

「冷たくて気持ちいいでしょう。でもね、これがなじむと、だんだん熱くなってくるんだよ」

「な……なにをするつもりだ」

「おじさんの恥ずかしいところを撮影するの。今度、おじさんが紫音さんに反抗したら、奥さんの映像だけじゃなくて、おじさんの恥ずかしい映像もネットでばらまいちゃうからね」

麻友は傾けた瓶を動かして、安雄の全身にオイルを垂らしていく。ペニスに直接かけられると、冷たさに体がピクッと反応してしまった。

「敏感なんだね。ふふっ、楽しい」

「ど、どうして……こんなこと……」

「わたし、男の人をいじめるのが趣味なんだよね。だから、みんなには出ていってもらったの。おじさん、いじめ甲斐《がい》がありそうだから楽しみ」

さらに瞳を輝かせて、ついに麻友が手を伸ばしてくる。胸板に手のひらを重ねると、円を描くようにオイルを塗り伸ばしていく。

「奥さんよりも若い女に触られるのってどんな気持ち？」

「うっ……」

ヌルリと滑る感触がひろがり、思わず小さな声が漏れてしまう。暴行を受けた痛みは残っているが、それよりヌルヌルと滑る感触のほうが気になった。麻友は意外にもやさしい手つきで撫でまわしてきた。

「まだ体が痛いんでしょう。でも、大丈夫だよ。やさしく塗ってあげるから。これを塗るとね、痛いのなんか吹っ飛んじゃうんだよ」

「や、やめ――ううっ」

乳首もそっと擦《こす》られて、瞬く間にぷっくりふくらんでしまう。そこを集中的に撫でられると、くすぐったさをともなう快感が押し寄せた。

「乳首が勃《た》ってきたよ。感じてるの？」

麻友が指先で乳首を弄《もてあそ》びながら、顔をのぞきこんでくる。距離が近いため、彼女の甘い吐息が鼻先をかすめていた。

（ど、どうすればいいんだ？）

頭ではいけないと思っているのに牡《おす》の欲望が煽《あお》られてしまう。

焦って身をよじると鎖がジャラッと鳴り、拘束されていることを自覚させられる。逃げられないと思うと、なおさら全身の感度がアップした。

彼女の手が、無防備にさらされている腋《わき》の下に伸びてくる。媚薬オイルをたっぷり塗り伸ばされて、くすぐったさをともなう快感がひろがっていく。体がヒクヒク反応するのが恥ずかしいが、とめることはできなかった。

さらに麻友の手は下半身へと移動していく。股間には触れず、両脚を撫でながらゆっくりさがる。太腿《ふともも》から膝、臑《すね》から足首とオイルを塗りたくり、足指の股にも指を這わせてきた。

「くうっ……や、やめろ」

「遠慮しなくてもいいよ。気持ちいいんでしょう?」

すべての足指の間をねちっこく撫でられる。くすぐったさに耐えているうちに、いつしか全身が火照っていた。

暴行を受けた痛みが消えたわけではない。しかし、痛みをうわまわる妖しい感覚がふくれあがっていた。

(まさか、媚薬オイルが……)

悟られないように平静を装う。

効いているとばれたら、さらなる愛撫をしかけてくるに違いない。しかし、全身の毛穴から吹き出る汗や、乱れていく息遣いは隠せなかった。なにより、ペニスが反応して、むっくり起きあがっている。ここのところ仕事のストレスでセックスレスだったのに、ペニスはしっかり硬くなっていた。

「おじさんのここ、元気になってるよ」

麻友の両手が脚を這いあがり、股間へと近づいてくる。内腿のつけ根をくすぐってから、陰嚢《いんのう》をそっと包みこんできた。

「ううっ……」

「ここも気持ちいいでしょう？」

皺《しわ》袋にオイルをヌルヌルと塗りたくられる。双《ふた》つの睾丸《こうがん》をやさしく転がされると、竿《さお》がますますそそり勃った。

「お、おい……いい加減に……」

「奥さんの気持ちをわからせてあげる。全部撮影してるから、すぐイカないようにがんばってね」

麻友の細い指が、青筋を浮かべた太幹の根元に巻きついてくる。その瞬間、快感の波が押し寄せてきた。

「くうぅッ」

「すごく硬い……ねえ、おじさんのオチ×チン、カチカチだよ」

うれしそうに言いながら、麻友はさっそく指をスライドさせる。オイルがたっぷり付着しているため、ヌルリッ、ヌルリッと滑るのがたまらない。軽く擦られただけで、腰に小刻みな震えが走り抜けた。

（こ、これが、媚薬オイルの……）

早くも射精欲がふくれあがり、先走り液が次から次へと溢《あふ》れ出す。

媚薬オイルを使われたうえ、ガーターベルト姿の愛らしい女性にペニスをしごかれているのだ。こうなってくると、両腕を頭上で拘束されているのも興奮を煽るスパイスになっていた。

「や、やめ……くうぅッ」

「ピクピクしちゃって、もうイキそうなんでしょ」

麻友はすべてを見透かしたように声をかけてくる。安雄はもう強がることもできず、ただ呻くだけになっていた。

「ううッ……うううッ」

「こんなに熱くなってる。イキたかったらイッてもいいよ」

右手でペニスをしごきながら、左手で乳首を転がしてくる。さらに耳もとでやさしくささやかれて、ついに射精欲が爆発した。

「くうううッ、も、もうっ、くうううううッ！」

こらえきれずに精液が噴きあがる。若くてかわいいエステティシャンにペニスをにぎられて、あっという間に達してしまった。

4

「ちょ、ちょっと……」

すでに達しているのに、執拗《しつよう》にペニスをしごかれる。快感を継続して送りこまれることで、全身がガクガクと痙攣《けいれん》した。

暴行を受けた体が悲鳴をあげている。全身が熱を持って腫れぼったく、息をするたび肋骨が軋《きし》んだ。それなのに愉悦が四肢の先までひろがり、甘い痺《しび》れが蔓延《まんえん》している。妻以外の女の手で射精に導かれたのだ。しかも、女はまだペニスを離すことなく、ねちねちと弄んでいた。

「おおッ……おおおッ」

「こんなに震えちゃって……ふふっ、そんなに気持ちいいの？」

　麻友が小悪魔的な笑みを浮かべて見おろしてくる。射精しているペニスをしごきつづけて、男が悶えるさまを楽しんでいた。

「ねえ、なんとか言ってよ。ほらほら」

　指先で尿道口をクニクニと刺激してくる。新たな快感を送りこまれて、安雄の体は施術台の上で仰《の》け反《ぞ》った。

　ペニスはいっこうに萎える気配がない。おそらく、これが媚薬オイルの効果なのだろう。勃起したままだからこそ、延々と快楽責めされてしまう。彼女はまだしつこくペニスをしごいていた。

（こ、この女……ううッ）

　安雄はどうすることもできず、情けなく身をよじった。

　どうやら、麻友はサディスティックな気質があるようだ。半グレ集団にかかわっているだけのことはあり、男を支配することに悦《よろこ》びを感じるらしい。安雄が苦しい表情を見せるほどに、息遣いを荒くしていた。

「おじさんがいい顔するから、わたしも興奮してきちゃった」

いつしか、麻友の瞳はしっとり潤んでいる。

なにを考えているのか、両手を背中にまわしてブラジャーのホックをはずしてしまう。カップの下から現れたのは、張りのある瑞々しい乳房だ。乳首は若さを誇示するような鮮やかなピンクだ。

さらにパンティもおろして、うっすらとした陰毛が見えてくる。恥丘の白い地肌と、縦に走る溝が透けているのが艶めかしい。

パンティをつま先から抜き取ったことで、彼女が身に着けているのはガーターベルトとセパレートタイプのストッキングだけになる。全裸よりもかえって淫らな格好だった。

「な……なにを……」

「そんなの決まってるでしょ」

麻友は頰を赤らめながら言うと、施術台にあがってくる。そして、仰向けになっている安雄の股間にまたがった。

両足の裏をしっかりついて、和式便所で用を足すときのような格好だ。股間に手を伸ばすと、太幹を握って亀頭を膣口《ちつこう》に誘導する。そのとき、サーモンピンクの割れ目がチラリと見えた。

（あんなに濡《ぬ》れて……）

ほんの一瞬だったが、大量の華蜜で潤っているのがはっきりわかった。

安雄のことを嬲《なぶ》りながら興奮していたのは間違いない。執拗にペニスをしごいて、男を悶えさせることに悦びを覚えていたのだ。

「今度はわたしも楽しませてもらうから……ンンっ」

亀頭が陰唇に触れると、麻友の唇から艶《なま》めかしい声が溢れ出した。

「ま、待て……ろ、録画されてるんだぞ」

「わたしは困らないよ。困るのはおじさんのほうでしょ。こんなの奥さんが見たらどう思うかな」

「や……やめろ」

体を起こそうとするが、手錠をはめられて鎖で施術台に固定されている。そんな状態で抵抗できるはずがない。なにより、ペニスは激しく勃起したままで、さらなる刺激を求めていた。

「奥さんに見られたくないなら、紫音さんに従ったほうがいいよ」

麻友がゆっくり腰を落としこんでくる。亀頭が陰唇に密着したと思うと、そのまま侵入を開始した。

「あンっ……おじさんのすごく熱い」

亀頭が泥濘《ぬかるみ》にはまりこみ、クチュッという湿った音が響き渡った。

「や、やめてくれ……っ、妻を裏切りたくないんだ」

脳裏には京香の顔が浮かんでいる。七年前に結婚してから、一度も浮気をしたことはない。そんな機会もなかったが、妻以外の女とセックスするなど考えたこともなかった。

「こんなに硬くしてるくせに、全然説得力ないよ」

麻友はさもうれしそうにつぶやくと、さらに膝を折って尻を下降させた。

「ああンっ、入ってきた……はあァッ」

「ダ、ダメだ……ううぅッ」

ついにペニスが根元まで収まってしまう。熱い媚肉に包まれて、いきなり快感の波が襲いかかってきた。

先ほど射精していなければ、この一瞬で達していただろう。しかし、ここで耐え忍んだことで、安雄にはさらなる快楽地獄が待っていた。麻友が膝の屈伸を使って、腰を上下に振りはじめたのだ。

「あッ……あッ……おじさんの硬くて気持ちいいよ」

「ううッ、や、やめ……くううッ」

尻を打ちつけられるたび、紫音に蹴られた肋骨に痛みが走る。だが、それを凌《りょう》駕《が》する愉悦が押し寄せてきた。

「くうッ……うぬううッ」

若い女壺《つぼ》の締まりは強烈だ。ただでさえセックスレス状態だったため、久しぶりの女体がもたらす快楽は凄《すさ》まじい。媚薬オイルを塗りたくられたことで、ペニスは萎えることを忘れたように勃起していた。

「た、頼む……これ以上は……」

妻を裏切りたくない。他の女とセックスして、このまま達するわけにはいかなかった。

「今さらなに言ってるの。おじさんのオチ×チン、わたしのなかに入ってるんだよ。ほら、わかるでしょ？」

麻友が腰の振り方を激しくする。尻を大きく弾ませて、屹立《きつりつ》したペニスをヌプヌプと出し入れした。

「くううッ、ダ、ダメだっ」

「なにがダメなのよ。気持ちいいんでしょ？」

若いエステティシャンのテクニックは絶妙だ。ねちっこく腰を振りつつ、胸板に置いた手で乳首をいじってくる。すると、ペニスの快感も倍増して、一気に射精欲がふくれあがった。

「ねえ、わたしと奥さん、どっちが気持ちいい？」

「ううぅッ、そ、そんなにされたら……」

「ああッ、おじさんのまた大きくなったよ……あああッ」

麻友はさらに腰の振りを激しくして、安雄の硬くなった双つの乳首をキュッと摘《つ》まんだ。

「おおおッ、そ、それ……くううッ」

「はあああッ、気持ちいいっ、おじさんも気持ちいいでしょ？」

「うッ、ううッ、い、いいっ、気持ちいいっ」

何度も尋ねられて、つい返事をしてしまう。とたんに罪悪感がふくれあがり、同時に絶頂の大波が押し寄せてきた。

「もうイキそうなの？　ああンっ、わたしも気持ちいいっ」

麻友が激しく尻を弾ませる。ペニスが高速で出入りして、安雄は手錠をかけられた両手を強く握りしめた。

「くううッ、や、やめ……おおおッ」

「カメラに撮られてるのにイッちゃうの？」

「おおおッ、も、もうっ、くおおおおッ！」

たまらず腰を跳ねあげて、女壺の奥にペニスをたたきこむ。その直後、欲望が堰《せき》を切ったように噴きあがった。快楽に流されて頭のなかがまっ白になる。ペニスが激しく脈打ち、精液をドクドクと注ぎこんでいた。

「あああッ、いいっ、いいっ、はああッ、イックうううッ！」

麻友も巻きこまれる形で昇りつめていく。ペニスを咥《くわ》えこんだまま女体を仰け反らせて、アクメの嬌声《きょうせい》を響かせた。

凄まじい快楽の嵐が吹き荒れている。安雄の体は小刻みに震えて、最後の一滴までザーメンを放出していた。

ついに妻以外の女のなかで達してしまった。

そのすべてを映像として記録されたのだ。さらなる弱みを握られて、いよいよ逃れられなくなってしまった。

（す、すまん……許してくれ……）

どす黒い絶頂の海を漂いながら、安雄は心のなかで謝罪した。

慎吾のペニスでよがり泣いていた京香の姿を思い出す。自分も同じことをしているると思うと、申しわけない気持ちでいっぱいだった。

第三章　奪われた妻

1

翌朝――。

安雄は重く沈みこんだ気持ちで食卓に座っていた。

昨日の悪夢のような出来事から、まだ立ち直ることができなかった。いや、立ち直るどころか、地獄のどん底にたたき落とされていた。

腫れあがった両瞼《まぶた》が青黒く変色して、口のなかも切れている。全身のありとあらゆる場所が痛んでいた。息を吸うだけで鳩尾《みぞおち》の奥が重苦しく疼《うず》き、肋骨《ろっこつ》がミシッと軋《きし》むのがわかった。

「うっ……」

コーヒーを口に含んだ瞬間、口のなかの傷が激しく染みた。

「痛むの？」

向かいに座っている京香が声をかけてくる。涙さえ浮かべて、心配そうに顔をのぞきこんできた。

「大丈夫、ちょっと染みただけだよ」

無理に笑みを浮かべると、腫れあがった顔面に痛みが走った。

しかし、本当に痛いのは体ではなく心のほうだ。施術台に固定されて、媚薬《びやく》オイルマッサージを施された。さらに妻以外の女とセックスしてしまったのだ。まるで犯されるような屈辱的なプレイだったが、どうしても快楽に抗《あらが》うことができなかった。

しかも、情けなく昇りつめる姿を撮影された。絶対、妻には見せられない恥ずかしい姿をさらしてしまったのだ。身も心もボロボロになり、完膚《かんぷ》なきまでに打ちのめされた。

解放されて自分の店に戻ったが、働ける状態ではなかった。車を運転して家に帰ると、安雄の顔を見たとたんに京香が泣き出した。

まさか本当のことを言えるはずがない。街でチンピラにからまれたと苦しい言いわけをした。追及されたらどうしようと思ったが、京香は怪我《けが》のほうを心配して、しつこく詮索することはなかった。全身に湿布薬を貼ったり、腫れた顔を冷やしたりと献身的に介抱してくれた。

「今日はお休みにしてもいいんじゃない？」

京香はそう言ってくれるが、休むわけにはいかなかった。

一日一本は盗撮動画を渡すように、紫音からノルマを課せられている。昨日はゼロだったので、今日はなんとか撮影しなければならない。また暴力を振るわれるかもしれないと思うと、恐ろしくて仕方なかった。

「心配ないよ。見た目ほど痛くないんだ」

安雄にできるのは強がることだけだ。絶望感に苛《さいな》まれているが、表面上は平気な振りを装いつづけるしかなかった。

（暇だな……）

安雄はレジカウンター内の椅子に座り、大きなため息を漏らした。

時計の針はすでに午後四時を指している。だが、今日はまだ朝からひとりも客が来ていなかった。

すでに店の経営はあきらめている。今は売上のことより、盗撮できるかどうかが気になっていた。

犯罪行為だということはわかっているが、もう紫音からは逃れられない。激しい暴行を受けて、心が恐怖に支配されていた。屈辱的な動画を撮られていなくても、もう反抗する気力は萎えていただろう。

それにしても客が訪れる気配はない。商店街自体が寂れているうえ、近所に格安のアパレルチェーン店ができた影響は深刻だった。

怒り狂う紫音の姿を思い出して、思わず寒気に襲われた。

なんとかしなければと思うが、客が来ないのだからどうにもならない。焦りばかりが大きくなっていく。

（このままだと……）

そのとき、店のドアが開いて、ひとりの女性ふらりと入ってきた。

鍔《つば》の広い黒の帽子をかぶり、黒いワンピースに身を包んでいる。ひと目見た瞬間、日本人離れした抜群のプロポーションだとわかった。

ワンピースは身体《からだ》にぴったりフィットするデザインのため、艶《なま》めかしいラインが浮かびあがっていた。

乳房は張りがあって大きく、腰は見事にキュッとくびれて、尻はプリッとして頂点が上を向いている。しかも、ワンピースの裾が短いので、黒いストッキングに包まれた太腿《ふともも》が大胆に露出していた。真紅のハイヒールを履いており、足首は理想的な締まり具合だった。

帽子を目深にかぶっているため、顔ははっきり確認できない。シャープな顎と白い頬がチラリと見える。かなりの美形なのは間違いない。この傾いた店には似つかわしくない高貴な雰囲気の女性だった。

安雄は圧倒されながらも、祈るような気持ちで見つめていた。

彼女が試着室に入ってくれれば今日のノルマを達成できる。今は紫音の暴力から逃れることしか考えられなかった。

女性客は店内をぶらつくと、スカートを手にして試着室に入っていく。

安雄はすかさずノートパソコンに視線を向けた。試着室のコンセントに電源タップ形の隠しカメラが差してある。そこからリアルタイムで映像が送られて、録画されるシステムだ。

（よ、よし……）

思わず心のなかでつぶやいた。

先ほどの女性客が画面に映っている。隠しカメラは足もとにあるため、見あげるようなアングルだ。ストッキングに包まれた太腿が映っている。ワンピースの奥まで見えそうになっていた。

罪悪感がまったくないと言えば嘘《うそ》になる。だが、紫音に命令されているのだから仕方がない。ただの中年男でしかない自分が、半グレ集団に逆らうことなどできなかった。

ノートパソコンに映っている女性が、ふいにしゃがみこんだ。

手が伸びてきたかと思うと、突然映像が途切れてまっ暗になった。電源タップ形の隠しカメラがコンセントから引き抜かれたのだ。

（や、やばい……）

瞬間的に顔から血の気が引いた。

盗撮に気づかれたのだ。慌ててノートパソコンを隠そうとするが、それより早く女性客が試着室から飛び出してきた。あっという間に駆け寄り、安雄の手からノートパソコンを奪い取った。

「これは、なに？」

切れ長の瞳でにらみつけてくる。女は帽子を取り、ストレートロングの黒髪をなびかせていた。

年のころは二十代後半といったところか。

彫刻を思わせる整った顔立ちで、肌は透きとおるように白い。鼻筋がすっとしており、唇は艶めかしく光っている。美貌が際立っているだけに、怒りの滲《にじ》んだ瞳が冷たく感じられた。

「盗撮は立派な犯罪よ」

決して声を荒らげたわけではない。しかし、彼女のひと言は反論を許さない迫力があった。

安雄は指一本動かせずに黙りこんだ。

人生これでお終《しま》いだ。盗撮現場を押さえられたのだから言い逃れのしようがない。警察に突き出されたら、盗撮していたことを妻にも知られてしまう。そんなことになったら離婚は間違いなかった。

警察で紫音のことを話しても、やつは知らぬ存ぜぬで逃げるだろう。捕まるのは安雄ひとりで、紫音はまんまと逃げおおせるのだ。

「最低のことをやってるって自覚はあるの?」

女はノートパソコンを操作すると、自分が映っている動画を消去した。

（えっ……）

安雄は思わず首をひねった。

どうして盗撮の証拠を消してしまうのだろう。動画がなければ、警察に突き出せないではないか。

さらに女は電源タップ形の隠しカメラを床に落とすと、真紅のハイヒールで踏みつぶした。プラスティック製の外装がバキッと割れて、隠しカメラとともに砕け散った。

（な……なんだ？）

安雄は驚きのあまり固まっていた。

レジカウンター内で、椅子に座ったまま恐るおそる女の顔を見あげていく。すると、またしても切れ長の瞳でにらまれた。

「てっきり心を入れ替えたと思ってたわ。でも、盗撮してるってことは、なにも変わっていないのね」

抑揚のないクールな声だった。

「あ……あなたは……」

安雄は胸の鼓動が速くなるのを感じていた。

どこかで聞いたことのある声だ。もう少しで思い出せそうなのに、思い出せない。つい最近、出会っている気がした。

「ブラックスコーピオンはハイエナ以下の連中よ。このままだと一生利用されつづけることになるわね」

「あっ……」

そのとき、ようやく記憶の糸がつながった。

このクールな声は、廃倉庫で出会ったライダースーツの女に間違いない。どこか突き放すような物言いが印象に残っていた。

「ど、どうして、ここに……」

住所と名前は告げたが、彼女が来るとは思いもしない。なにしろ、冷たい態度で廃倉庫から追い出されたのだ。まさか服を買いに来たわけではないだろう。なにが起きているのか、まったく理解できなかった。

「結局、あれからも盗撮をつづけてるの?」

安雄の疑問には答えず、彼女は鋭い瞳で問いかけてきた。

廃倉庫で会ったとき、安雄は自殺を考えるほど追いつめられていた。それなのに、また盗撮していることを非難しているようだった。

「昨日、妻が盗み撮りされたエステサロンに行ってきたんです。そこの店長も紫音に脅されてると思ったから、事情を話して協力してもらうつもりでした」

安雄は昨日の出来事を説明した。

その間、彼女はいっさい口を挟まなかった。自分よりずっと若いが、逆らえない雰囲気がある。無言のプレッシャーを感じて、安雄は覚えていることを洗いざらい話した。

暴行を受けたことはともかく、媚薬オイルマッサージを受けたことを話すのは抵抗があった。それでも、にらまれると嘘はつけなかった。

「俺なりに、やれることはやりました……」

安雄は腫れた瞼にそっと触れてつぶやいた。

「あなた、本気で戦う気はあるの?」

責めるような口調だった。

この無残に腫れあがった顔を見ても、まだ戦えと言うのか。安雄は反発を覚えたが、盗撮をしていた手前、強く言い返すことはできなかった。

「そんなこと言われても……」

相手は暴力団と張り合う半グレ集団、ブラックスコーピオンだ。安雄がひとりで立ち向かったところで敵《かな》うはずがなかった。

「俺なりにがんばったんだ……でも、もう……」

悔しさがこみあげて奥歯をギリッと強く嚙《か》んだ。

妻を守りたかった。その一心でエステサロンに向かったのだ。それなのに、事態はさらに悪化してしまった。

紫音に騙《だま》された自分が馬鹿だったのはわかっている。いくら経営が苦しいとはいえ、犯罪行為に手を染めていいはずがない。その結果、弱みを握られて利用されていた。

「自分ひとりで戦わなくても、本気なら他にも手はあるでしょう」

彼女の言いたいことがわからない。すでに八方塞がりの状態で、なかば捨て鉢な気持ちになっていた。

「どんな手があるんですか?」

「お金さえ払えば、代わりに汚い仕事をやってくれる業者がいるわ」

「汚い……仕事……」

なにかいやな予感がする。きなくさい感じがして、積極的に尋ねることができなくなった。

（きっとやばい仕事だよな……）

半グレ集団と戦うのだから、暴力団などの危険な連中に違いない。

そう思っただけで、気持ちが後ろ向きになった。きっと報酬もかなりの金額を積まなければならないだろう。店がつぶれる寸前なのに、そんな金があるはずもなかった。

「このまま食い物にされつづけるのか、それとも勇気を出して戦うのか。それはあなたしだいね」

彼女はそう言い残すと、店をあとにした。

いったいなにをしに来たのだろう。安雄が盗撮していることが許せなかったのかもしれない。しかし、彼女が何者なのか、さっぱりわからなかった。

午後六時五十分、安雄のスマホが着信音を響かせた。

液晶画面に「結城紫音」と表示されている。その文字を目にしただけで、反射的にすくみあがった。

「は……はい」

すぐ電話に出るが、緊張で声がうわずっていた。

「いい画《え》は撮れたか？」

紫音の声だ。名乗りもせずに、いきなり尋ねてきた。

「そ、それが、今日はお客さんが来なくて……」

ライダースーツの女のことは黙っていたほうがいいだろう。隠しカメラを壊されたなどと言ったら、またぶちぎれて殴られる気がした。

「なにやってんだよ。客が来ないなら、呼びこみでもなんでもして、若い女を引っ張ってこい。撮れるまで店を閉めるんじゃねえぞ」

一方的に捲《まく》し立てると、紫音は勝手に電話を切った。

今さら怒りを覚えることはない。それどころか、今日は直接顔を合わせずにすんでほっとしていた。紫音はほぼ毎日やってくるので、なにか急用でもあったのだろう。

店を開けていても客が来るとは思えない。この商店街の店はほとんどが七時閉店で、それ以降は閑散としてしまう。だから、夜遅くまで開けていても意味はなかった。

それでも、紫音の命令なので従うしかない。

隠しカメラが壊れたことを、どう言いわけすればいいだろう。少し考えただけで恐ろしくなり、胃が猛烈に痛くなった。

2

夜九時まで店を開けていたが、やはり客はひとりも来なかった。

マンションに戻ってインターホンを鳴らすが返事はない。いつもならすぐに京香が開けてくれるのだが、今夜は何度鳴らしても反応がなかった。

ふといやな予感がこみあげる。

店から電話をかけたときも出なかった。料理でもしていて手が離せないのだろうと思って、メールを送っておいた。しかし、考えてみれば返信がなかった。律儀な妻にしてはめずらしいことだった。

いつも財布に入れてある鍵を取り出すと、自分で解錠してドアを開けた。

「ただいま」

部屋のなかはまっ暗だった。

「京香……」

呼びかけるが返事はない。不安が胸にひろがっていく。慌てて靴を脱ぎ捨てるとリビングに向かった。

ドアを開けるがやはり明かりはついていない。寝室ものぞいてみるが、やはり妻の姿はない。トイレもバスルームも確認するが結果は同じだ。どこもまっ暗でシーンと静まり返っていた。

「京香、どこにいる。返事をしてくれ」

廊下に出て大声で名前を呼ぶ。しかし、妻から返事はなく、自分の声が虚《むな》しく響くだけだった。

（そんな……どこに行ったんだ）

腕時計に視線を落とすと、午後九時半になるところだ。

京香がこんな時間に出かけるとは思えない。いつもは夕飯の支度をして待っていてくれる。キッチンに行ってみると、料理をした形跡がない。いったい、いつから姿を消してしまったのだろうか。

（まさか、また……）

エステサロンの店長、慎吾の顔が脳裏に浮かんだ。

あの男に抱かれていた姿をはっきり覚えている。もしかしたら、またエステサロンに行っているのではないか。しかし、そうだったとしても、今の安雄に助け出す術《すべ》はない。あの店には慎吾以外にも従業員がいる。ひとりで向かったところで、袋だたきに遭うのが落ちだった。

（クソッ、どうすればいいんだ……）

安雄はリビングに向かうと、明かりをつけてソファに腰をおろした。

そのとき、ローテーブルに置いてある物が目に入った。透明のプラスティックケースに入ったＤＶＤディスクだ。

これはいったいなんだろう。日常的に置いてあるわけではない。まるで京香の置き手紙のように見えた。なにか恐ろしいものが録画されている気がするが、確認せずにはいられない。

安雄はＤＶＤディスクをプレイヤーにセットすると、リモコンでテレビをつけて再生した。

「なっ……きょ、京香っ」

いきなり裸の妻が映し出されて大きな声をあげてしまう。

京香が困惑の表情で立ちつくしていた。横から映している映像だ。たっぷりした乳房を右腕で隠して、股間の茂みを左手で覆っている。黒髪を結いあげて後頭部でとめていた。

「は……恥ずかしい」

消え入りそうな声だった。瞳が涙で潤んでおり、内腿をもじもじ擦り合わせていた。

顔を赤くしているが、逃げるつもりはないようだ。あるいは逃げても無駄だとあきらめているのかもしれない。なにしろ、京香の前にはやはり裸の紫音が立っているのだ。股間から巨大な男根がダラリと垂れさがっていた。

(な、なんだこれは?)

衝撃的な映像だった。安雄は頭をハンマーで横殴りされたようなショックを受けた。

妻と半グレの男が裸で向かい合っているのだ。京香の女体は白くてなめらかな曲線を描いている。それに対して紫音の体は日焼けしており筋肉質だ。右肩には黒いサソリのタトゥーが入っていた。

ふたりはどこかのバスルームにいるらしい。後ろに浴槽があり、足もとには銀色のマットがある。空気を入れてふくらませるゴムボートのような、ぶ厚いマットだった。

「も、もう……許してください」

京香がかすれた声でつぶやいた。

こちらをチラリとも見ようとしない。撮影されていることに気づいていないのだろう。おそらく、これは盗撮された映像だ。

「なに言ってるんだ。まだ裸になっただけじゃねえか」

紫音の恫喝《どうかつ》するような声がバスルームに反響する。タトゥーの入った男に迫られて、妻はさぞ怖い思いをしているに違いない。見ているだけで胸が苦しくなる映像だった。

「手をどけて身体を見せろ」

「そ、そんな……」

京香が困ったように顔をうつむかせる。なんとか許してもらおうと必死な様子が伝わってきた。

「いいか、客の要求には絶対に逆らうな。ほら、早くしねえか。とっとと全部見せるんだよ」

今、紫音は確かに「客」と言った。一気に胸の鼓動が速くなる。まさか京香に客を取らせるつもりなのだろうか。

「み……見ないでください」

京香は涙目になり、身体から手を離していく。緊張しているためなのか、紅色の乳首がすでに屹立《きつりつ》していた。

釣鐘形の大きな乳房が露《あらわ》になった。股間の茂みも見えている。濃厚な秘毛が恥丘をびっしり埋めつくしていた。

「いいマン毛だ。この剛毛は売りになる。絶対に剃《そ》るんじゃねえぞ」

紫音が言葉をかけると、京香はますます顔を赤らめる。下唇を小さく噛んでうつむく姿が儚《はかな》げだった。

「本物の人妻が、モジャモジャのマン毛でタワシ洗いをしてくれるんだ。ナンバーワンのソープ嬢になれるかもしれないぞ」

その瞬間、安雄は激しい目眩《めまい》を覚えてローテーブルに両手をついた。そうしなければ、間違いなく倒れていただろう。

(ソ、ソープ嬢だって?)

京香をソープランドで働かせるつもりだろうか。先ほどは「客」とも言っていた。安雄は愕然《がくぜん》としてテレビ画面から目をそらせなくなった。

「じゃあ、さっそく練習するか」

紫音が銀色のマットの上で仰向《あおむ》けになる。大の字になり、立ちつくしている京香を見やった。

「こいつはソープマットってやつだ。客をここに寝かせて、おまえが奉仕するんだぞ。まずはローションをたっぷり塗りつけろ」

どうやら、ソープランドのプレイをレクチャーするつもりらしい。紫音はそう言って、マットの横に置いてあるプラスティック製の風呂桶《おけ》を引き寄せた。

「よくまぜてから使うんだぞ。滑るから気をつけろ」

「は……はい」

京香が小声で返事をして、マットの隣でひざまずく。

もう完全にあきらめているようだ。エステサロンの盗撮動画を使って脅されたに違いない。ネットでバラまかれたくなかったら、ソープで働けとでも言われたのだろう。

（あの野郎……）

沸々と怒りが湧きあがってくる。

安雄は拳を握りしめて画面のなかの紫音をにらんだ。女性を金儲《もう》けの道具としか思っていないのだろう。他人が不幸になることなどお構いなしの、どこまでも卑劣な男だった。

「失礼します」

京香はマットの隅で正座をすると、ローションを手ですくって男の胸板に塗りつけた。

「丁寧に体全体に塗るんだ」

「こう……ですか？」

紫音に命じられて、京香はとまどいながらも手を動かしていく。ローションでヌルヌルと滑る様子が画面ごしにもはっきりわかる。胸板から腹部、両腕、両脚にも塗りたくった。

「チ×ポもだよ。肝心なところに塗らないでどうするんだ」

非情な声が響き渡る。京香は躊躇《ちゅうちょ》する様子を見せたが、抗えるはずもなく男の股間に手を伸ばしていく。まだ柔らかいペニスを両手でつかみ、ヌルリ、ヌルリとローションを塗りつけた。

「袋のほうもしっかりやるんだぞ」

言われるまま右手で竿《さお》をつかみ、左手で睾丸《こうがん》を包みこむ。そして、男の股間をねっとり撫《な》でつづけた。

（きょ、京香……）

つらすぎる光景が展開されている。安雄はただ画面を見つめて呻《うめ》くことしかできなかった。

妻が半グレの男に奉仕しているのだ。いつかペニスは屹立《きつりつ》して、隆々とそそり勃《た》っていた。妻のほっそりした指が、まがまがしい太幹にしっかり巻きついている。しごくほどにペニスは体積を増して反り返った。

「ようし、いいぞ。自分の身体にも塗りつけろ」

またしても紫音が命令する。

京香は言われるまま、自分の女体にローションを塗りつけた。たっぷりした乳房が、とろみのある液体で濡《ぬ》れ光る様が淫らだった。

「股間にも塗っておけよ。次はタワシ洗いだ。マン毛をタワシに見立てて、男の体に擦《こす》りつけるんだ。またがってみろ」

紫音がそう言って片手をグイッと伸ばした。

この男の命令は絶対だ。京香はこっくりうなずくと、男の腕をまたいで内腿で挟みこんだ。そして、ためらいつつも腰をゆったり前後に揺らして、陰毛を擦りつける。

「それで客が悦《よろこ》ぶと思ってるのか。もっと色っぽく腰をくねらせろよ」

紫音に強い口調で言われると、京香は泣きそうな顔になりながら懸命に腰をくねらせた。さらにもう一方の腕もまたいで同じように陰毛を擦りつける。まさに女体を使った奉仕だった。

(もう、やめてくれ……)

妻が媚《こ》びるように腰をくねらせているのを見て、安雄の胸は押しつぶされそうになっていた。

夫婦ともども屈辱的な動画を撮られている。警察に訴えたとしても、それを事前に紫音が察知したらお終いだ。動画をインターネットに流されて拡散したら、もう二度と消せなくなる。紫音は指先ひとつで、自分たち夫婦の人生を終わらせることができるのだ。

「次は壺《つぼ》洗いだ。オマ×コで客の指を洗うんだぞ」

紫音が恐ろしいことを命じる。だが、京香は悲しげな表情でうなずくと、男の手を取って自分の股間へと導いた。

(そ、そんなことまで……)

安雄は絶望的な気分に陥った。

もう完全にあきらめているのだろう。無理もないことだ。安雄も殴る蹴るの暴力を受けて、肉体的にも精神的にも屈していた。凶悪な男に脅されて、女の京香が抗えるはずがなかった。

「ンっ……はンっ」

京香は男のローションまみれの指を一本ずつ女壺に挿入していく。悲しげに眉根を寄せながら、懸命に男の命令に従っていた。

五本の指を順番に入れると、もう一方の手にも同じことをくり返す。膣《ちつ》を壺に見立てて、客の指を洗うのが壺洗いだ。客にとっては天国だが、女にとっては地獄に違いなかった。

そして、それを見ている夫にとっても地獄だった。安雄はもはや立ち直れないほどのショックを受けている。血が滲むほど下唇を噛み、拳で自分の太腿を何度もたたいた。

画面の隅に日付と時間が出ているのが目に入った。

これは今日の昼間に撮影されたものだ。安雄が店で客を待っている間、愛する妻は卑劣な男にソーププレイのレクチャーを受けていたのだ。

テレビ画面のなかの京香は前かがみになり、乳房を男の体に擦りつけて奉仕をしている。ローションでヌルヌル滑る感触が気持ちいいのか、紫音が呻き声を漏らしているのが腹立たしかった。

「おおっ、いいぞ、なかなか上手《うま》いじゃないか」

「あ……ありがとうございます」

京香は頬を染めながら礼を言う。そう言うように命じられているのだ。客を悦ばせるためのテクニックを細かく教えこまれていた。

(このままだと、京香が……)

安雄は画面を見つめたまま、首をゆるゆると左右に振った。

妻がソープ嬢に変えられていく様子を、延々と見せつけられているのだ。リモコンの停止ボタンを押そうと思うが、見ずに逃げるのも違う気がする。妻がつらい目に遭っているのなら、それをせめて共有するべきだと思った。

3

「おまえ、ソープ嬢の素質あるよ。オマ×コの具合をチェックしてやる。自分から挿《い》れてみろ」

ついに一番恐れていた命令がくだされる。

紫音のペニスは青筋を浮かべて屹立していた。カリが鋭く左右に張り出した凶悪そうな男根だ。これほど巨大な肉柱を挿入したら、妻の身体が壊れてしまうのではないか。本気で心配になるが、すべてをあきらめているのか京香は男の股間にまたがった。

「あンっ……こ、怖いです」

両膝をマットについた騎乗位の体勢だ。亀頭が割れ目に触れたらしく、京香はためらいの表情を浮かべて弱々しくつぶやいた。

「俺のはでっかいからクセになるぞ。大きいほうが好きだろ」

「そんなこと……」

「どうせふたりきりなんだから、恥ずかしがることないだろ。ほら、とっとと挿れろよ」

紫音が言葉巧みに誘導する。

京香はまさか盗撮されているとは思いもしないのだろう。ためらいの表情を浮かべているが、それでも急《せ》かされるまま腰を落としはじめた。

「あっ……ああっ」

亀頭が膣口にはまったらしい。女体がピクッと反応して、京香の唇から甘い声が溢《あふ》れ出した。

「全部挿れるんだ。ローションがついてるから簡単なはずだぞ」

紫音が語りかけると、京香はさらに腰を落としていく。長大なペニスが入ってくるのを感じているのか、片手を自分の臍《へそ》の下にあてがっていた。

「あっ……あっ……お、大きい」

すべてを呑《の》みこみ、ふたりの股間がぴったり密着する。ローションにまみれた陰毛同士もねっとり触れ合っていた。

「なに休んでるんだ。腰を振って、客を気持ちよくするんだよ」

「ああンっ、お、奥まで……こんなのダメぇっ」

「なにがダメだ。おまえのオマ×コ、ヌルヌルじゃねえか。奉仕しながら濡らしてたんだろ」

紫音が屈辱的な言葉を浴びせかけると、京香は悲しげな表情になり、こみあげてくるものをこらえるように睫毛《まつげ》を伏せる。そして、男の腹に両手をつくと、腰をゆったり前後に振りはじめた。

「あっ……あンっ」

白くて平らな下腹部が、波打つように揺れている。ローションまみれの陰毛同士が擦れ合い、ネチョネチョという湿った音を響かせていた。

「はあンっ、こ、こんなのって……」

「おい、ソープ嬢のほうが気持ちよくなってどうするんだ」

紫音がからかうように声をかけると、京香は眉を八の字に歪《ゆが》めて、首をゆるゆると左右に振った。

「お、大きいから……なかが擦れて……ああンっ」

甘い声がひっきりなしに漏れている。いつしか京香は積極的にくびれた腰をくねらせていた。

「いいぜ、おまえみたいなマゾ女が好きな客もいる。店に出たら、すぐ売れっ子になるぞ」

「ああっ……そ、それだけは許してください」

京香がせつなげな表情で懇願する。

その声に媚びるような響きがまざっているのは、心が屈服しかけているからだろう。女体はローションでヌラヌラと濡れ光り、腰をくねらせるたびに乳房が重たげに弾んでいた。

「旦那がしっかり稼いでくれれば、おまえのソープデビューは考えてやってもいいんだけどな。最近、ろくな動画があがってこないんだ」

紫音が信じられない言葉を口にする。

ところが、京香は驚く様子もなく聞いていた。ただ悲しげな表情で腰を振っている。どうやら、安雄が試着室で盗撮していることを知っているらしい。すでに紫音がすべて話してしまったのだ。

「おまえがソープに堕《お》とされるかどうかは、旦那の稼ぎしだいってわけだ」

紫音が強調するようにつぶやいた。

おそらく、安雄に向けたメッセージだ。京香は隠し撮りされていることを知らないが、紫音はこの映像を見ている安雄を意識している。京香をソープ嬢にしたくなければ、しっかり盗撮動画を撮影しろと言いたいのだろう。

（くッ……す、すまない、俺が不甲斐《ふがい》ないばっかりに……）

安雄は熱い涙を流していた。

これほど屈辱的なことはない。自分の姑息《こそく》な犯罪行為を妻に知られて、しかも画面のなかで寝取られている。肩にサソリのタトゥーを入れた半グレの男が、極太のペニスを妻のなかに挿入しているのだ。

「俺と旦那のチ×ポ、どっちが気持ちいいんだ？」

紫音が両手を伸ばして、京香の乳房を揉《も》みあげる。ローションまみれの柔肉が逃げるように滑り、プルプルと弾む。とがり勃った乳首を指先で摘《つ》まめば、女体が感電したように小刻みに震えた。

「はああッ、そ、それ、ダメです」

「言えよ。俺と旦那、どっちがいいんだ？」

「あッ……あッ……そ、それは……」

京香の腰を振るスピードが徐々に速くなっていく。命令されたわけでもないのに、股間をしゃくりあげるようにリズミカルに振っていた。

「早く言えって、ほらっ」

紫音が双《ふた》つの乳首をキュッと摘まみあげる。敏感な突起を強く刺激されて、妻の身体がビクビクと痙攣《けいれん》した。

「はあああッ、こ、こっちですっ」

京香が反射的に口走った。

とっさに出た言葉なので本音だろう。それを耳にした瞬間、安雄は足もとが抜けた錯覚に陥り、ソファから床に転げ落ちていた。

「あァッ……あああッ」

妻の喘《あえ》ぎ声が響いている。屈辱的な事実を認めたことで、さらに感度がアップしたのかもしれない。唇が半開きになっており、透明な涎《よだれ》を垂らしながら腰を振っていた。

「おおッ、いいぞ、その調子だ」

「あああッ、も、もうっ、あああッ、もうっ」

京香が切羽つまった声で喘いでいる。昇りつめることだけを考えて、一心不乱に股間をしゃくりあげていた。

「ああッ、あぁッ、い、いいっ、イクッ、イッちゃいますっ」

歓喜の涙さえ流しながら訴える。その直後、京香は女体をググッと弓なりに仰《の》け反《ぞ》らせた。

「あああッ、い、いいっ、イクッ、イクイクッ、あぁああああああッ！」

ついにオルガスムスのよがり泣きを響かせる。最低最悪の男のペニスをずっぽり女壺に咥《くわ》えこみ、腰を振りまくって昇りつめていく。天を仰ぐように顔を上向かせて、全身をビクビク痙攣させていた。

「だ、出すぞっ、くおおおおおおッ！」

紫音も妻のくびれた腰をつかみ、獣のような呻き声を轟《とどろ》かせる。妻のなかに射精したのは間違いない。ペニスを深く埋めこみ、京香の女体を堪能《たんのう》して快楽に酔いしれていた。

「な、なかは……あああァッ、ま、またイクううッ！」

膣奥に精液を注がれた衝撃で、京香が二度目のアクメに達していく。女体を激しく痙攣させながら、男の胸板に倒れこんだ。

「なんだ、だらしねえな」

紫音が筋肉質の腕で京香を抱きしめる。すると、右肩の動きに合わせて黒いサソリのタトゥーが不気味に蠢《うごめ》いた。

京香は呆《ほう》けたような横顔をさらしている。瞳の焦点は合っておらず、唇の端から涎を垂れ流していた。

紫音が顔を寄せていくと、京香は抗うことなく唇を差し出してしまう。ふたりは唇をぴったり重ねて、濃厚なディープキスを交わしはじめた。ペニスはまだ女壺に収まったままで、舌を深くからませていった。

「あンっ……はあンっ」

まるで猛毒のサソリに刺されたように、京香の裸体が痙攣している。このままでは、おぞましい毒が全身にまわってしまう。なんとかして助けたいが、安雄にできることはなにもなかった。

やがて映像は途切れて、画面はまっ暗になってしまう。妻とのつながりを断たれた気がして不安になった。

「きょ……京香……」

妻の名前を呼ぶと、またしても涙が溢れ出した。

今ほど自分の非力さを呪ったことはない。こうしている間も、妻は紫音に嬲《なぶ》られているかもしれないのだ。焦燥感が胸にひろがっているが、どうすればいいのかわからなかった。

4

時刻は深夜二時をまわっていた。

安雄は床に座りこんだまま身動きできなかった。ソファに寄りかかった状態で、ぼんやり宙を見つめていた。

自分がこんな犯罪に巻きこまれるとは思いもしなかった。

あまりにもショックが大きくて、身も心もボロボロになっていた。妻が嬲られる姿を見るのはつらすぎる。こんなことなら、自分が直接殴られた方がましだった。何時間も泣きつづけて、もう涙も涸《か》れはてていた。

妻は帰ってこない。紫音がどこかに連れ去ったままだった。

盗撮動画を握られている以上、警察に行くのは危険だ。自分はともかく、京香だけは助けたい。妻の動画を流出させるわけにはいかなかった。

妻はどこかに監禁されているに違いない。安雄に脅しをかけて、もっと過激な盗撮をさせるつもりなのだろう。

(どうすれば……)

絶望感が胸をふさいでいる。

妻がどこに連れ去られたのか、まったく見当もつかなかった。仮にわかったとしても、相手は凶悪な半グレ集団だ。安雄が立ち向かったところで、返り討ちにあうのが落ちだった。

——お金さえ払えば、代わりに汚い仕事をやってくれる業者がいるわ。

ふとあの女の言葉を思い出した。

黒いライダースーツの女だ。なぜかニシジマ洋品店にやってきて、隠しカメラを壊していった。

——このまま食い物にされつづけるのか、それとも勇気を出して戦うのか。それはあなたしだいね。

彼女が何者かはさっぱりわからない。だが、投げかけられた言葉は心に深く刺さっていた。

妻を助けられるのは自分しかいない。このままでは京香がソープに沈められてしまう。金さえ払えば汚い仕事をやってくれる業者がいるという。いったい、どんな連中だろうか。

とにかく依頼するしかない。自分ひとりではどうにもならないのだ。金は内臓を売ってでも作るしかなかった。

安雄は立ちあがると書斎に駆けこんだ。パソコンに向かうと、インターネットで業者を探しにかかった。

しかし、どんなワードで検索すればいいのかわからない。あの女が言っていた業者というのが、まったく想像できなかった。

まずは「汚い仕事」と打ちこむが、それらしい業種はヒットしなかった。次に探偵に近い職種ではないかと予想して、「探偵」「汚い仕事」と打ちこんだ。しかし、結果は同じだった。

探偵は直接手をくだすわけではない。それならば、ボディガードのほうが近いのではないか。調べてみるが基本的に依頼人を守るのが仕事で、積極的に攻撃をしかけるわけではなかった。

（違う、こういうことじゃない……）

探しているのは汚い仕事をする業者だ。まともな職種を考えても行きつくはずがなかった。

打ちこむのも恐ろしいが「殺し屋」と検索してみた。すると、少し近づいてきた気がする。それならばと「依頼」「相場」など、より具体的なワードも加えていく。すると「復讐《ふくしゅう》代行屋」という聞き慣れない単語が引っかかった。

（復讐か……これかもしれない）

心をわしづかみにされた気がした。

今の自分が求めているのは、まさにこれだった。あの男に復讐したいと思っているのだ。

盗撮という犯罪に荷担したのは紛れもない事実で、それに関しては弁解の余地もない。警察に捕まれば、正直にすべてを話して罪を償うつもりだ。しかし、紫音にそそのかされなければ、盗撮に手を染めることはなかった。

盗撮させるように誘導しておきながら、それをネタにさらなる盗撮をするように強請《ゆす》られている。それだけならまだしも、あの男は妻にも魔の手を伸ばしていたのだ。

（絶対に許せない……）

安雄は燃えあがる復讐心を胸に、さらに検索をつづけた。

そして、「復讐代行屋」なる仕事が実際にありそうなこと。あくまでも裏稼業なので実態は明らかになっていないこと。依頼費はかなり高額なこと。復讐代行屋の看板を掲げている人間が複数いること。そのほかにも、いろいろな情報が得られた。

しかし、どれも噂《うわさ》の域を出なかった。公式サイトもなければ、実際に仕事を依頼した人の話もない。裏稼業ということを考えれば当然かもしれないが、確実なものはなにもなかった。

胡散《うさん》くさい噂も多いため、自分なりに情報を精査して、あるひとりの復讐代行屋に行きついた。

伝説の復讐代行屋——仕事は完璧だが報酬は莫大《ばくだい》である。人殺し以外はなんでもやる。ターゲットになった者は絶対に逃げられない。積みあげてきたものをすべて奪われて、絶望の淵《ふち》に追いやられる。その結果、人生に悲観して自ら命を絶った者もいるらしい。

（この人に賭けてみよう……）

真偽はわからないので、ある程度まで絞ったらあとは勘しかない。人殺し以外はなんでもやる、というところが気に入った。人殺しも平気でやると言われるより、逆に信頼できる気がした。

問題なのは依頼方法だ。

とある掲示板に依頼内容とこちらのメールアドレスを書きこみ、あとはひたすら連絡が来るのを待つらしい。復讐代行屋は依頼内容を見て、仕事を受けるかどうか判断するという。

仕事を受けてもらえるなら連絡があり、駄目なら無視される。報酬やその他の細かいことは、会ってから直接交渉するようだ。

まったく迷いがないと言えば嘘になる。そもそも、これらの情報が正しいのかどうかもわからない。しかし、安雄には他に手立てがなかった。復讐代行屋に縋《すが》るしかないのだ。

誰でも見ることができる掲示板なので、どこまで書くのかむずかしい。不特定多数の人に個人情報をさらすわけにはいかないが、ある程度は書かないと返事はもらえないだろう。

冷やかしや警察関係者を排除するため、こんな連絡方法を取っているに違いない。採用してもらえるように、細心の注意を払って書きこんだ。

『小さな店をやっていますが、経営が苦しく借金を抱えています。あるグループに所属する男に騙されて、犯罪に手を染めてしまいました。金になると思った自分がバカでした。妻も寝取られました。男に復讐して妻を取り返したいです。どうかお力をお貸しください。ご連絡お待ちしております』

最後にフリーメールのアドレスを貼りつけて、掲示板にアップした。

(頼む……来てくれ)

あとはひたすら待つしかなかった。

正直なところ半信半疑だった。どこまで信用できるかわからない。連絡が来なかったら、もう他の復讐代行屋に頼む気は起きないだろう。

そんなにすぐ連絡は来ない。そう思っても、待ちきれなくて何度もメールチェックをしてしまう。するとわずか十分ほどで着信があった。

（き、来た……）

安雄は震える指先でクリックしてメールを開いた。

『以下の場所に来るように』

簡潔な文章と住所だけが書いてある。相手もフリーメールを使っていた。

本物だろうか。判断する材料がどこにもない。掲示板にアドレスを貼りつけたのだから、いたずらメールの可能性も否定できなかった。だが、安雄には他に縋るものがなにもないのだ。行ってみるしかない。しかし、メールには時間が書いてなかった。

（どういうことだ？）

プロなら書き忘れるはずがない。やはり、いたずらメールなのだろうか。

いや、もしかしたら試されているのではないか。本物の復讐代行屋は、きっと警戒心が強いはずだ。本気の依頼かどうかを見きわめるつもりかもしれない。現在の時刻は午前四時をまわったところだ。

（よし……）

安雄は車のキーをつかむと、部屋を飛び出した。

とにかく、メールに記載されていた住所に向かってみるつもりだ。部屋でじっとしていても、どうにもならなかった。

車に乗りこんでエンジンをかけると、スマホを取り出した。メールはスマホにも届くようになっている。地図アプリで住所を表示すると、すぐにアクセルを踏みこんだ。

誰も来ないかもしれない。それでも進むしかなかった。こうしている今も、妻はひどい目に遭っているかもしれないのだ。騙されるのは慣れている。一縷《いちる》の望みに賭けるしかなかった。

東の空がうっすら白んでいる。

もうすぐ夜が明けようとしていた。朝になると最後の望みが絶たれてしまう気がして、安雄はさらにアクセルを強く踏んだ。

スマホの位置情報をチェックしながら走っていく。街から離れて、車はいつしか雑木林のなかを進んでいた。

「まさか、ウソだろ……」

目的の住所に到着したとき、安雄は思わず自分の目を疑った。

そこには体育館を思わせる巨大な廃倉庫がある。そして、正面の半開きになった扉《と》の前に、黒いオートバイが停まっていた。

（どうして……あの女が……）

車を停めるとエンジンを切った。

外に出るとひんやりした空気が頬を撫でた。あたりは怖いくらい静まり返っている。眩《まばゆ》い朝日を浴びたオートバイが、まるで己の存在を誇示するように黒光りしていた。

安雄はゆっくり廃倉庫の入口に歩み寄った。

足もとの砂利《じゃり》が踏みしめるたびに音を立てる。静かなせいか、その音がやけに響くのが気になった。

恐るおそる廃倉庫のなかに足を踏み入れる。すると、ライダースーツに身を包んだ女が遠くに立っていた。

廃倉庫のなかは薄暗い。高い位置にある窓から差しこんでいる朝日が、帯のようになって降り注いでいた。女に光は当たっていないので顔は確認できない。だが、その佇《たたず》まいで、あの女だと確信していた。

「意外と早かったわね」

感情を読み取るのがむずかしい抑揚のない声だった。

女がゆっくり歩いてくる。降り注ぐ光の帯のなかで立ちどまり、クールな美貌が照らし出された。

「あなたの家からだと、メールを読んですぐに行動しないと、この時間につかないわ」

やはり試されていたらしい。すでに安雄の住まいまで知られているようだ。はじめてここで会ったとき、店名と名前を告げていた。いずれ依頼主になると思って、詳細を事前に調べておいたのだろう。

「あなたが……伝説の復讐代行屋……」

まだ半信半疑だった。

安雄はひとりごとのようにつぶやき、女の顔をまじまじと見つめた。女性というだけでも驚きなのに、彼女はどう見ても二十代だ。しかも、かなりの美形で汚れた仕事をやる人間には見えなかった。

「何歳なんです？」

女性に年齢を尋ねるのは失礼だとわかっている。それでも、ついストレートに質問してしまった。

「復讐代行屋に年齢が関係あるの？」

彼女は気分を害した様子もなく聞き返してきた。

「あ、あんまり若いから……」

男だと思いこんでいたので、ついじろじろ見てしまう。まさか復讐代行屋が女だとは思いもしなかった。

「二十九よ。若いかしら」

彼女はにこりともせずに教えてくれる。そして、澄んだ湖のように静かな口調で名前を告げた。

矢島香澄《やじまかすみ》――彼女が伝説の復讐代行屋だ。

今はこの廃倉庫を依頼者との連絡場所に使っているという。連絡場所は定期的に変えており、以前は大田区《おおた》のアパートの一室だった。はじめてここで安雄と鉢合わせしたときも、彼女は依頼者と会う予定だったらしい。

香澄はほっそりした指で黒髪をかきあげながら歩み寄ってくる。そして、切れ長の瞳で安雄の目をのぞきこんできた。

「あなた、同業他社へ依頼したことは？」

「ど、同業って、ほかの復讐代行屋ってことですか？」

困惑しながら聞き返すと、香澄はこっくりうなずいた。

「そ、そんなこと、あるわけないじゃないですか」

つい強い口調で否定してしまう。本気で誰かに復讐したいと思ったのは、これがはじめてだ。しかし、言った直後に、彼女が気を悪くしたのではないかと気になった。

「す、すみません、依頼しておきながら……」

「はじめてなら話を聞く前に忠告しておくわ。ここでのことは、すべて秘密にすること。わたしが仕事を受ける受けないは別にして、なにひとつ漏らさないと約束すること」

「わ……わかりました」

安雄はうわずった声で返事をした。

淡々とした口調が、恫喝されるよりも恐ろしい。もし約束を破ったらどうなるのか、気にはなるが聞けなかった。

「それで？」

顔立ちが整っているだけに、無表情で見つめられると気圧《けお》されてしまう。殺しはやらないという噂だが、平気で人の命を絶てそうな気がする。冷たい光を放つ瞳から、それくらいの迫力を感じていた。

「し、紫音に……復讐したい」

事の発端からエステサロンに行ったところまでは話してある。念のため、もう一度最初から詳しく説明した。

そして、妻がいなくなったことと、ＤＶＤが置いてあったこと、ＤＶＤの中身はソーププレイのレクチャーを受けている盗撮動画だったことまで、できるだけ詳細に話した。

「お金はいくらかかってもいい。一生かけても払います。だから、どうか紫音に復讐してください」

できることなら自分の手でなんとかしたい。だが、半グレに立ち向かう力などあるはずがなかった。

「どれくらい憎んでるの」

「殺したいくらい……」

「でも、殺しはやらないわよ」

それは噂で知っている。だからこそ、信頼できると思って依頼することにしたのだ。

「とにかく、妻を無事に取り返すことができれば……紫音への復讐はおまかせいたします」

殺したいくらい憎んでいるが、実際に殺すのは恐ろしい。でも、どうすればいいのかわからない。それが本音だった。安雄は腹に溜《た》めこんでいたことを正直にすべて吐き出した。

「とにかく、復讐してください」

感情が昂《たかぶ》りすぎて、気づくと涙ぐんでいた。それでも、安雄は涙を拭うことなく訴えた。

「あなたの復讐、引き受けたわ」

香澄の瞳の奥に、ゾッとするような冷たい炎が宿った。

復讐依頼は無事に受理された。安雄を騙して犯罪組織に取りこみ、さらに妻まで奪った男への復讐が、今はじまろうとしていた。

第四章　弄《もてあそ》ばれた美肉

1

矢島香澄は午前十時の開店時間に合わせて、「エステサロン・ミューズ」に向かった。

この日はライダースーツを脱ぎ、若奥様風の落ち着いたネイビーのワンピースに身を包み、ハイヒールを履いていた。

依頼内容と情報を照らし合わせて考えると、まずはエステサロンを抑えるべきだろう。京香が囚《とら》われている場所はわからない。だが、ここさえ制圧してしまえば、道は開けるはずだと踏んでいた。

客としてエステサロンに入り、内部から調査するつもりだ。

まずは店が入っている雑居ビル周辺を入念に確認する。駅の北側で人の往来は少ない。多少騒ぎになっても、すぐに通報されることはないだろう。警察が到着するまで、ある程度の時間はあるはずだ。

安雄から得た情報が確かなら、このエステサロンがブラックスコーピオンとつながっているのは間違いない。ブラックスコーピオンの一員である結城紫音という男が出入りしているのだ。しかも、脅されて従っているのではなく、従業員全員が半グレ集団に属している可能性が高かった。

香澄も独自に調べたが、このエステサロンはそれほど客が入っていない。評判のいい店は口コミでひろがるので、あっという間に繁盛する。だが、ここはインターネットでもまったく話題になっていない。それなのに駅前で経営をつづけていられるのも怪しかった。

（絶対に尻尾《しっぽ》をつかんでやる）

香澄は雑居ビルを見あげると、心のなかでつぶやいた。

力が入りすぎていることを自覚する。小さく深呼吸をして、昂《たかぶ》った気持ちを落ち着かせた。

今回の件は安雄の依頼だが、じつは香澄の個人的な復讐《ふくしゅう》でもあった。ともすると、気持ちが前のめりになってしまう。だが、平常心を失うと判断力が鈍ることを知っている。過去に大きな失敗を経験しているので、自分をコントロールする術《すべ》を身に着けていた。

あれは二年前のことだった。

関東一円を牛耳る暴力団の柳田組と、半グレ集団ブラックスコーピオンの抗争に巻きこまれて、香澄の恋人が命を落としたのだ。

当時、香澄は復讐代行屋として暗躍しながら、表向きはカモフラージュのためリフォーム会社に勤めていた。その会社で先輩の小林良介《こばやしりょうすけ》に告白されて、情熱に押しきられる形でつき合うことになった。

両親を早くに亡くした香澄は、児童養護施設で誰からも愛情を受けずに育った。復讐代行屋になったのは、自分ひとりの力で生きていくためだ。しかし、良介と交際することで、無上の愛に包まれる心地《ここち》よさを知った。そして、いつしか良介は特別な存在になっていた。

その一方で、復讐代行屋の裏稼業は順調だった。

莫大《ばくだい》な報酬とスリルを得ることに悦《よろこ》びを覚えていた。だが、今にして思えば慎重さを欠いていたかもしれない。恋をしたことで判断力が鈍っていた。そんな状態のなか、危ない仕事を受けてしまった。

ブラックスコーピオンの依頼で、柳田組の事務所に潜入したのだ。柳田組の弱みを握るのが目的だった。そこに捕らえられた良介が連れてこられて、混乱のなか射殺された。

——シオンが殺《や》ったぞ!

誰かが叫んだ声をはっきり覚えている。

銃弾が飛び交う危険な状況だった。柳田組の組長に一矢報いるのがやっとで、香澄は恋人を置き去りにして脱出した。

出血量からして、良介が即死だったのは間違いない。その後、良介の死は行方不明として闇に葬られた。おそらく遺体は東京湾に沈められたか、柳田組が関係している産廃処理施設で処分されたのだろう。

その件をきっかけに一度は復讐代行屋を引退した。

だが、思い返すと、あのときの状況には不自然な点があった。香澄の侵入は完璧だったのに、柳田組の反応はあまりにも早すぎた。どう考えてもおかしいと思い、街で柳田組の若い構成員を捕まえて路地裏で締めあげた。

——侵入者があるって密告電話があったんだよ。

散々痛めつけて、さらに指を三本折ったところで口を割った。

男は命だけは助けてくれと懇願しながら白状した。香澄は殺しをやらない主義だ。しかし、いずれ秘密をばらしたことが上層部の耳に入り、この男は組の者に始末されるだろう。

あの夜、香澄が柳田組の事務所に侵入することを知っていたのは、依頼したブラックスコーピオンだけだ。

裏稼業にも暗黙のルールがある。依頼をしておきながら情報をリークするなどあり得ない。暴力団でも最低限のルールは守るが、半グレ集団に業界の常識は通用しなかった。

おそらく、柳田組と香澄の間で乱闘を起こさせるのが狙いだ。抗争を繰りひろげていた柳田組に少しでもダメージを与えたかったのだろう。銃撃戦になれば死傷者が出て、警察沙汰にもなる。あわよくば組長が命を落としてくれればと思っていたのではないか。

そもそも、ブラックスコーピオンが最初に依頼してきたのは、柳田組の組長殺しだった。香澄は殺しはやらないと断った。それなら弱みを握ってくれと言われて、組長の部屋に侵入することになったのだ。

だが、まんまと騙《だま》されてしまった。

今にして思えば、依頼が「組長殺し」から「弱みを握る」へと大幅に格下げされた時点で怪しかったのだ。しかし、恋に現《うつつ》を抜かしていた香澄は、ブラックスコーピオンの卑劣な策略を見抜けなかった。

その結果、最愛の人の命が奪われた。

それでも静かに生きていくつもりだった。心やさしい良介は、復讐など望まないと思ったから――。

リフォーム会社を退社して、ひとりでひっそり暮らすことにした。

復讐代行屋で稼いだ金がある。仕事をきっちりやる対価として、それなりの報酬をもらってきた。当面は生活していくのに困らなかった。

だが、恋人を殺された恨みを忘れたわけではない。時間が経《た》てば薄れると思っていたが、逆にふくれあがる一方だった。

結局、香澄は自分の復讐のために復帰した。

自分を罠《わな》にはめたブラックスコーピオンと、恋人の命を奪った柳田組を許すつもりはなかった。

約二年のブランクがあったので、リハビリがてら復讐代行の依頼を受けながら、自分自身の復讐の機会をうかがっていた。そして先日、連絡場所である廃倉庫で安雄に出会ったのだ。

ちょうど首を吊《つ》ったところだった。

死のうと思っている人間を助けるかどうかは、むずかしい問題だ。本人にとっては、死こそ救いになる場合もある。命を助けたことで、本人にとっては生き地獄がつづくかもしれないのだ。

幸か不幸かビニール紐《ひも》が切れて、安雄はコンクリートの床に落下した。かかわりたくなかったが、依頼者と会うことになっていたので立ち去るわけにはいかなかった。すると、助けてもらったと勘違いした安雄が、勝手に身の上話をはじめたのだ。

店の経営が立ち行かなくなり、首をくくる決意をしたらしい。気の毒だとは思うが、よくある話でもある。倉庫から追い出そうとしたとき、安雄の口から意外な名前が出てはっとした。

――結城紫音。

確かに安雄はそう言った。

さらに「ブラックスコーピオン」という単語が出て動揺した。ヘルメットをかぶっていたので顔は隠れていたが、このときばかりは思いきり表情に出ていたはずだ。とてもではないがポーカーフェイスを保っていられなかった。

――シオンが殺ったぞ！

良介が撃たれたとき、誰かが叫んだ声が耳の奥に残っていた。

あの「シオン」は柳田組の者に間違いない。安雄が言っていた「紫音」はブラックスコーピオンの一員だ。

同一人物と仮定すると、いろいろ見えてくる。

話を聞いている限り、「紫音」はかなり狡賢《ずるがしこ》い男のようだ。暴力団対策法、通称、暴対法が施行されて、柳田組もだいぶ弱体化していたらしい。紫音が早々に見切りをつけたとしてもおかしくなかった。

もしかしたら、ブラックスコーピオンに寝返ったのかもしれない。

良介を殺した男だとしたら、二年ごしで仇《かたき》を討つことができる。この機会を逃すつもりはなかった。

2

「はじめてなんですけど」

香澄は黒髪をかきあげて、にっこり笑いかけた。

すると、エステサロン・ミューズの受付に立っていた若い女が、はっとした様子で背筋を伸ばす。そして、見るみる頰を赤らめた。

「は、はい、大丈夫です」

顔だけではなく声も可愛《かわい》らしい。香澄の顔に見惚《みと》れて、なにやらもじもじしている。

この女が新山麻友で間違いないだろう。安雄から話は聞いている。愛らしい容姿に騙されてはいけない。見かけによらず責めるのが好きで、安雄を散々弄んだという。この様子だとレズっ気もありそうだ。

「どなたかのご紹介でしょうか？」

麻友がにこやかに尋ねてくる。疑っているわけではなく、紹介だとサービスがあるらしい。

「いえ、このビルの前をよく通るのだけど、前から気になっていたの」

さらりと言えば、麻友は納得した様子でうなずいた。

レジの後ろはクリーム色のカーテンで閉ざされている。奥に施術スペースがあるようだが、ここからは確認できない。さっと見まわしただけで、内装に金がかかっていないのがわかった。

（どう見ても、まともな店じゃないわね）

エステサロンでこんなチープな内装は考えられない。客をもてなそうという意識がまるで感じられなかった。

まっとうな商売をするつもりはないようだ。おそらく、盗撮するために作られた店だろう。ということは、ブラックスコーピオンの関連会社か、もしくは従業員全員がブラックスコーピオンのメンバーという可能性もある。

「今日はどのコースになさいますか」

麻友がカウンターに置いてあるコースメニューを手で示す。

そこには、フェイシャルマッサージ、足つぼマッサージ、全身オイルマッサージの三つのコースが紹介されていた。

フェイシャルマッサージと足つぼマッサージは短時間で終わりそうだ。撮影する必要のない客は、このどちらかでお茶を濁して帰らせるのだろう。そして、いいカモが来たときは、全身オイルマッサージを勧めるに違いない。

「オイルマッサージはいかがでしょうか。ただ今キャンペーン中でして、半額になっております」

さっそく食いついてきた。麻友は笑みを浮かべているが、腹のなかまではわからない。瞳の奥には邪悪な光が宿っている気がした。

「じゃあ、それをお願いしようかしら」

香澄は微笑を絶やすことなく返事をする。

客として実際に施術を受けて、盗撮の実態をつかむつもりだ。さらにブラックスコーピオンの情報を引き出さなければならない。半グレ集団は暴力団のように事務所を構えず、やばくなったら活動拠点を移動させる。ブラックスコーピオンの今の拠点がどこにあるかを知りたかった。

まずは最初から手荒な真似《まね》はせず、施術中にエステティシャンとの会話のなかから探りを入れる。強引に聞き出そうとしても、本当のことをしゃべるとは限らない。自然な会話のなかから真実を拾うのが先だった。

「では、会員登録をするので、こちらにご記入お願いします」

会員登録用紙を差し出してきた。

住所や氏名、生年月日などを記入するようになっている。女性客の個人情報を引き出すためのものだろう。

「会員登録なしでも施術は受けられるの？」

「受けられますけど、会員になったほうが割引があるのでお得ですよ」

麻友はまだ笑みを浮かべている。

「それなら、会員になろうかしら」

ここは拒むべきではない。警戒されると情報を聞き出せなくなる。疑われるような行動は避けたかった。

登録用紙に視線を落とす。この場限りのものなので、すべてを正直に書く必要はない。偽名を書けばいいだけの話だ。香澄がボールペンを手に取ると、麻友が思い出したようにつけ足した。

「身分証明書はお持ちですか？　免許証とか保険証とか」

抜け目がない。盗撮した相手の素性をつかんでおきたいのだろう。場合によってはさらに脅しをかけて、金を毟《むし》り取るのかもしれない。

（仕方ないわね……）

香澄はバッグのなかから運転免許証を取り出した。

こういうときは本物を提示したほうがいい。偽造免許証を出しても、免許証番号を裏サイトで照会される可能性がある。いきなり潜入がばれたら、結局なにも情報を得られなくなってしまう。尻尾を離してしまったら、紫音にたどり着けなくなるのだ。

免許証には本名が記載されているが、住所は古いものだ。以前、数カ月だけ住んでいた場所で、引っ越しをしてから住所変更をしていない。こういうときのための防御策が役に立った。

「お借りいたします。コピーを取ってもよろしいでしょうか」

「どうぞ」

軽く返事をすると、麻友は免許証を持ってカーテンの奥に消えた。

どうやら、そこにコピー機があるらしい。ほんの一瞬だったが、数人の人影がチラリと見えた。

香澄は用紙に名前と免許証に記載されている住所を書きこんだ。

「では、ご案内いたします」

戻ってきた麻友が免許証を返してくれる。そして、カーテンを開けると、香澄を奥へとうながした。

　麻友につづいて歩いていく。六つの施術スペースがあって、男性従業員たちがタオルを用意したり、掃除をしたりしている。開店直後のせいか、他に客の姿はなかった。

「こちらです」

　案内されたのは右奥の施術スペースだ。そして、紙でできた濃紺のブラジャーとパンティを渡された。

「こちらに着替えていただけますか。髪はアップにまとめておいてください。足もとにカゴがあるので、服はそちらに入れてくださいね」

　麻友はにこやかに告げると、いったん出ていった。

　どこかに盗撮カメラがあるはずだ。香澄はワンピースを脱ぎながら、さりげなく周囲に視線をめぐらせる。探していることがばれたら情報を引き出せなくなるので、あくまでも自然な感じでチェックした。

（やっぱり、あるわね）

　壁紙に小さな点のような穴が開いている。施術台を真横から映すように、カメラが設置されていた。さらに天井にも火災報知器形の隠しカメラがあるのを発見した。

もちろん、盗撮された映像はあとで確実に消去する。

仕事のためなら、ときとして女の武器を使うこともある。悪党に抱かれることもあるのだから、オイルマッサージなどかわいいものだ。一時の屈辱はあとで倍にして返してやる。

香澄は大人しくワンピースを脱ぎ、下着も取り去った。裸体を撮影されるのは腹立たしいが、気づいていない振りをする。張りのある乳房とくびれた腰、うっすらと脂の乗った尻を隠しカメラの前でさらした。

紙のブラジャーとパンティを身に着けると、施術台に腰をおろす。髪をアップにまとめ終わったとき、麻友がオイルの瓶を手にして戻ってきた。

「では、このオイルを使ってマッサージしていきたいと思います。うつ伏せになっていただけますか」

「よろしくお願いね」

香澄は言われるまま、施術台の上でうつ伏せになった。

媚薬《びやく》オイルに違いない。どれほどの効果があるのかわからないが、有力な情報を得るまでは耐えつづけるしかなかった。

「背中にオイルを垂らします。少し冷たいです」

麻友の声が聞こえて一拍置いてから、肩胛骨《けんこうこつ》の間に冷たい液体が垂れ落ちるのを感じた。

「ンっ……」

思わず小さな声が漏れる。オイルは腰の方へと移動して、さらには尻から両脚にもたっぷりかけられた。

「体温でなじむから大丈夫ですよ」

麻友の言葉どおり、すぐに冷たさは気にならなくなった。

「マッサージをはじめます。失礼します」

柔らかい手のひらが背中に触れてくる。左右の肩胛骨の上で、円を描くようにゆったり動いた。

（ンンっ……）

またしても声が漏れそうになり、なんとかこらえる。しかし、ヌルヌルと滑る感じが妖しくて、身体《からだ》がピクッと反応した。

「香澄さんの背中、スベスベして気持ちいいです」

麻友の指先が背筋をスーッと這《は》いあがる。くすぐったさをともなう快感がひろがり、たまらず腰が左右に揺れた。

「こ、こんなにくすぐったいものなの？」

「くすぐったいだけじゃないですよ。オイルに特殊な成分が配合されているので、身体が熱くなってきます」

特殊な成分とは、違法な媚薬に違いない。

麻友の言葉どおり、体温が急激に上昇するのがわかった。媚薬オイルに身体が反応しているのだ。想定していたより、効果が表れるのがずっと早い。かなり強力な媚薬を使っているようだ。

「本当、身体が熱くなってきたわ。きっとマッサージが上手なのね。このお仕事は長いの？」

「わたしはそれほどでもないです。このお店では一番若いので」

「ふうん、エステティシャンは何人いるの？」

「五人です。わたし以外はみんな男の人なんです」

麻友は話しながらも手を動かしている。背中全体にオイルを塗り伸ばすと、脇腹に指を這わせてきた。ゆったり撫《な》でられて、思わず腰が左右に揺れた。

（ああ、こんなに即効性があるなんて……）

昔、試したことがある媚薬より、はるかに刺激が強かった。

痛みなら、ある程度は耐えられる。限度はあるが、精神力でコントロールすることが可能だ。

だが、快感に耐えるのはむずかしい。痛みなら身体が拒絶する。ところが、快感は受け入れてしまうので、愉悦が全身に蔓延《まんえん》してしまう。すると、脳髄まで痺《しび》れて、ついにはなにも考えられなくなる。そうなる前に情報を引き出しておきたかった。

「こちらはチェーン店なの？」

「いえ、うち一店舗だけです」

麻友の指先は脇腹を何度も上下に動いている。時間をかけてじっくり撫でられることで、ますます全身が敏感になっていた。

「じゃあ、店長さんがオーナー？」

「オーナーは別にいます」

麻友は手を動かしながら、あっさり教えてくれる。

別にいるということは、もしかしたら紫音かもしれない。ブラックスコーピオンに関係しているのは間違いないが、関連を裏づけるものはまだなにも見つかっていなかった。

「脚のほうをマッサージしますね」

「え、ええ……」

麻友の手が太腿《ふともも》を撫でている。オイルをたっぷり塗り伸ばして、内腿にもヌルリと入りこんできた。さらに膝の裏からふくらはぎ、足首から足指へと移動していく。

「そ、そこは……はンンっ」

足指の間にまでオイルを塗りつけられて、思わず声がうわずった。

麻友の手つきはねちっこく、指の股を丁寧に撫でまわしてくる。くすぐったさと心地よさがまざり合い、うつ伏せになった身体がピクッと反応した。

「く、くすぐったいわ」

「少しだけ我慢してくださいね。どんどん気持ちよくなりますから」

エステティシャンにそう言われれば従うしかない。

足指の股すべてを撫でまわされて、たまらず腰をよじらせてしまう。これも媚薬オイルの効果だろう。感情が高まってくるが、うつ伏せのまま懸命に全身を硬直させていた。

「じゃあ、今度は仰向《あおむ》けになってください」

「は、はい……」

香澄は息を乱しながらも、なんとか仰向けになった。

「失礼いたします」

カーテンが開いて、男性のエステティシャンが入ってきた。

二枚目だが軽薄そうで、香澄のタイプではない。だが、いかにもモテそうな容姿だった。

「店長の白川慎吾です。よろしくお願いいたします」

なるほど、安雄の妻を抱いたのはこの男だ。ということは、本格的なマッサージがはじまるのだろう。

(面白いじゃない。望むところだわ)

香澄は内心ほくそ笑んだ。

店長が来てくれたほうが話は早い。この男がもっとも情報を持っているに違いなかった。

「ここからは、ふたりでやらせていただきます」

「ふたりで？」

「初回限定の特別なマッサージです。もちろん、無料ですから、ぜひ受けてみてください」

それは想定外だ。全身の感度があがっている今、いやな予感しかしない。しかし、無料のサービスを拒絶するのは不自然だ。有力な情報を引き出すまでは断れなかった。

「では、両腕を上にあげていただけますか」

慎吾に言われて、両手を頭上にあげていく。すると、手首に冷たい物が押し当てられた。ガチャッという金属的な音が聞こえてはっとする。

「えっ……」

思わず見あげると、両手に手錠がはめられていた。

「ちょ、ちょっと……」

慌てて腕を引くが、突っ張る感触があって動かない。手錠に別の鎖が取りつけられて、それが施術台の端に固定されていた。力いっぱい腕を引くと、鎖のジャラッという不快な音が響き渡った。

3

「これは、どういうことですか?」

香澄は困惑の表情を浮かべて問いかけた。

一般人を装っているので、強い言葉は使わない。とまどっているふりをして、施術台の上で弱々しく身をよじった。

「ここからのマッサージは少々刺激が強くなります。万が一、お客さまが暴れても大丈夫なように固定させていただきました」

慎吾は落ち着いた様子で微笑《ほほえ》みかけてくる。しかし、目の奥には異様に冷たい光が宿っていた。

「どうして、こんなこと……はずしてください」

か弱い女を装って男を見あげていく。腕を揺らすと、鎖がジャラジャラと耳障りな音を響かせた。

(こんな強引なこともしてるの?)

香澄は不穏な空気を感じて、慎吾と麻友を交互に見やった。

エステサロンを訪れた女性に媚薬オイルマッサージを施して、その様子を隠しカメラで盗撮するのが手口のはずだ。いきなり女を拘束するとは乱暴すぎる。相手によっては強引な手も使っているのかもしれない。

（一気に弱みを握って、食い物にするつもりね）

考えられるのはそれしかなかった。

盗撮するだけではなく、動画をネタにして強請《ゆす》るのだろう。半グレらしい卑劣きわまりないやり方だ。

「ご遠慮なさらないでください。このマッサージは、はじめてご利用になるお客さま限定のサービスですから」

慎吾が白々しく言いながら、オイルの瓶を身体の上で傾ける。とろみのある透明な液体が、乳房の谷間に垂らされた。

さらに紙のブラジャーの上にもオイルがたっぷりまぶされていく。瞬く間に湿って肌にぴったり張りついてしまう。思わず胸もとを見おろすと、薄い紙のブラジャーに乳首がぷっくり浮きあがっていた。

さらに臍《へそ》の穴を狙って、オイルをトロトロ垂らされる。紙のパンティもオイルまみれになり、恥丘に密着するのがわかった。

（ああ、いや……きっと透けてるわ）

思わず内腿をもじもじと擦《こす》り合わせる。

するとド肢にもオイルを垂らされた。太腿からつま先までヌラヌラになり、羞恥心が刺激される。いやなのになぜか気分が高揚して、マッサージがはじまる前から体温が上昇していた。

「顔が赤く火照っていますね。このオイルは特殊な成分を多めに配合してあるんです。素敵なお客さまのときは、特別配合のこちらのオイルを使うことにしています」

慎吾がさらりと口にする。

それはつまり違法な媚薬がたっぷり入っているということにほかならない。どうりで効果が表れるまでの時間が早いわけだ。どうしても撮影したい女が来たときは、より強いオイルを使うに違いない。

（わたしは気に入られたってわけね。光栄なこと）

香澄は内心ほくそ笑んだ。

上手《うま》くいっていると思わせたほうが、ガードが甘くなる。こちらとしても作戦を進めやすかった。

「特殊な成分って、どういうものなんですか？」

素朴な疑問といった感じで尋ねてみる。自然な会話から少しずつ崩していくつもりだ。

「じつはオーナーが特別なルートで仕入れているもので、一般には出まわっていないものなんです」

慎吾の手が乳房の谷間に触れてくる。オイルをゆったり塗り伸ばして、鎖骨や首筋、さらには腋《わき》の下まで撫でまわしてきた。

「オーナーさんもエステティシャンなんですか？」

「いえ、大きなグループの一員で……まあ、実業家みたいなものですね」

なにやらぼんやりした答えだ。

大きな組織とはブラックスコーピオンのことだろう。人を騙して金儲《もう》けするのが実業家とは笑わせる。なんとしても紫音を見つけ出して、これまでの罪を償わせるつもりだ。

「香澄さんの身体、すごくきれいです」

麻友がうっとりした様子でつぶやき、オイルにまみれた下肢に手を這わせてくる。足指をヌルヌルいじりまわしたと思ったら、足首から臑《すね》へとゆっくり這いあがってきた。

「肌がスベスベで、触ってるだけで興奮しちゃいます」

手のひらが内腿に入りこみ、股間へと近づいてくる。脚を強く閉じてもオイルで滑るため、麻友の手をとめられない。

「ちょ、ちょっと……ああっ」

彼女の指先が内腿のつけ根に到達する。パンティの縁のきわどい部分を撫でられて、女体がヒクヒクと小刻みに痙攣《けいれん》した。

（い、いや……すごく敏感になってる）

媚薬オイルが確実に理性を溶かしている。

全身の感度がアップしているところを愛撫《あいぶ》されるのだ。麻友の手の動きに反応して、股間の奥から華蜜が分泌されるのがわかった。

「気持ちよさそうな顔になってきましたね」

慎吾が声をかけながらブラジャーのなかに指を入れてくる。下から侵入させると、いきなり乳首に触れてきた。

「あっ……そ、そこは大丈夫です」

「遠慮しなくていいですよ。ここを刺激してあげると、バストアップ効果が期待できるんです」

「や、やめてください」

「素晴らしいプロポーションですね。もっときれいになれますよ」

拒絶しても慎吾はマッサージをやめようとしない。

勝手な理屈をこねながら、両手の指先で乳首をいじってきた。オイルをたっぷり塗りつけて、乳輪をそっとなぞってくる。円を描くように周囲をじっくり刺激してから、硬くなった乳首を転がされた。

「あっ……」

思わず声が漏れてしまう。慌てて下唇を噛《か》んで声を抑えようとするが、今度は麻友の指先がパンティのなかに入りこんできた。

「わあっ、すごく濡れてますよ」

「や、やめて……ああっ」

彼女の指先が陰唇に触れている。内腿を閉じてガードを試みるが、指先の動きは抑えられない。媚薬オイルを塗りこむように、二枚の陰唇をねちっこく何度も撫でられた。

「こ、こんなのおかしいわ、もうやめて」

指先から逃げるように、施術台をずりあがる。ところが、彼女の指先はどこまでも追いかけてきた。

「そんなこと言っても、香澄さんのここ、もうトロトロですよ。ほら」

麻友の指先が肉唇の狭間《はざま》に入りこみ、膣口《ちつこう》を探りあてる。入口周辺を弄ばれて、湿った音が響き渡った。

「い、いや……」

「ほう、ずいぶん敏感なんですね。乳首も硬くなってますよ」

慎吾はブラジャーを押しあげると、オイルにまみれた乳房を剝《む》き出しにしてしまう。そして、乳首をヌルヌルと擦りあげてきた。

「あっ……ああンっ」

たまらず甘い声が漏れてしまう。激烈な羞恥がこみあげるが、媚薬オイルで理性を狂わされた状態だ。数々の修羅場を潜り抜けてきた香澄でも、精神力だけでは抵抗できなかった。

「香澄さんって、すごく色っぽいですね。なんだか、わたしまで興奮してきちゃいました」

麻友が愛らしい顔を赤く染めながら、紙パンティを引きおろしていく。そして、香澄のつま先からあっさり抜き取ってしまった。

「な、なにするの？」

逆三角形に整えてある陰毛は、オイルにまみれてぐっしょり濡れている。まるでワカメのように、恥丘にべったり張りついていた。

「こうなったら諦めるしかないでしょう。たっぷり楽しんでくださいね」

麻友が膝をつかんでグッと割り開こうとする。見るからに非力そうで、普段なら絶対に負けることはないだろう。

（くッ……ち、力が……）

香澄は額に汗の粒を浮かべていた。

必死に膝を閉じようとする。ところが、媚薬オイルのせいなのか、身体に力が入らない。まるで赤子がおしめを替えるときのように、下肢をM字形に押し開かれてしまった。

「きれい……香澄さんのここ、すごくきれいです」

麻友の無遠慮な視線が、パールピンクの陰唇に這いまわる。そして、彼女は指を伸ばすと、再び膣口をクチュクチュいじりまわしてきた。

「あっ……あっ……」

同性だからこそ感じる場所がわかるのだろう。ツボを押さえた的確な愛撫で甘い刺激がひろがっていく。

香澄はさらに施術台をずりあがるが、やがて頭が自分の手にぶつかった。手錠をかけられたうえ、別の鎖で施術台に固定されているのだ。これ以上、麻友の指から逃げることはできなかった。

「ふふっ、お汁がどんどん溢《あふ》れてきますよ」

完全に玩具《おもちゃ》にされている。麻友はレズっ気を発揮して、香澄が腰を悶えさせるほどに愛撫を加速させた。

「乳首もコリコリですね。そんなに気持ちいいんですか?」

慎吾も調子に乗って乳房をねっとり揉《も》んだかと思えば、乳首を摘《つ》まみあげてくる。上と下を同時に刺激されると、どうすることもできず欲望がふくれあがってしまう。

「もっと感じさせてあげますよ。ほら、もっといい顔で喘《あえ》いでください」

ふたりがかりの愛撫は息が合っている。香澄をじっくり感じさせて、そのすべてを盗撮しているのだ。

慎吾が乳首を集中的に刺激してくる。指先で摘ままれて、オイルのヌメリを利用して転がされた。麻友も膣口にあてがっていた指先に力をこめて、ついにズブズブと挿入してくる。とたんに鮮烈な快感が突き抜けた。

「はああッ、や、やめてっ」

手錠をかけられた両手に力が入り、鎖がジャラジャラと鳴った。この状況では抵抗できない。香澄はふたりがかりで弄ばれて、媚薬オイルで昂った性感帯を的確に刺激されていた。

「我慢しないでイッていいんですよ」

「香澄さんのアソコ、すごく締まってきましたよ」

慎吾と麻友は、次から次へと甘い刺激を送りこんでくる。香澄は抗《あらが》うことができず、快楽の奔流に呑《の》みこまれていった。

「ああッ、も、もうっ」

指を挿入されて、膣のなかをかきまわされる。女ならではの繊細で的確な愛撫が、瞬く間に絶頂への階段を昇らせていく。香澄は脚を大きく開いた状態で、たまらず股間を突きあげていた。

「はああッ」

「ここが気持ちいいんですね。ああンっ、すごく締まってる」

麻友まで甘い声を漏らしながら、膣内を刺激してくる。同時に慎吾も乳首を摘まんでは、執拗《しつよう》にクニクニと転がしていた。

「くううッ、も、もうダメっ、あああッ、あぁあああああああッ！」

ついにはしたない声をまき散らして絶頂に達してしまう。麻友の指をしっかり食いしめたまま、股間を二度、三度と跳ねあげた。

媚薬オイルの効果は凄《すさ》まじい。愛撫だけで簡単に追いあげられてしまった。これでペニスを突きこまれたら、いったいどうなってしまうのだろう。大抵の女は悶え狂うに違いない。その姿を撮影されてしまったら、逆らう気力など湧くはずがなかった。

「これは、すごいイキっぷりですね」

慎吾がからかうように声をかけて、大声で笑い出す。いい画《え》が撮れたと思ってご機嫌だった。

「香澄さんのオマ×コ、もうグショグショですよ」

麻友が呆《ほう》けたような顔でつぶやき、膣をかきまわしていた指を引き抜いた。

「ンンっ……」

絶頂の余韻で痺れていた膣壁を擦られて、鮮烈な刺激が突き抜ける。香澄はたまらず腰をぶるるっと震わせた。

4

（こんな簡単にイカされるなんて……）

香澄は全身汗だくなっていた。

違法の媚薬をまぜたオイルマッサージの効果は想像以上だった。

なんとか脚を閉じるが、まだ女体は火照ったままだ。乳首は恥ずかしいくらいとがり勃《た》っており、下腹部の奥がジーンと疼《うず》いている。しかし、一度絶頂に達したことで、いくらか余裕が生まれていた。

「ど、どうして、こんなこと……警察に訴えますよ」

呼吸が乱れているが、それでも黙っているつもりはない。すると、慎吾はニヤリと笑って見おろしてきた。

「バカな考えは起こさないほうが身のためですよ。あなたの感じている姿は全部、撮影されてますから」

「なっ……どういうことですか？」

「オーナーから言われてるんですよ。あなたみたいな上玉が来たら、オイルマッサージをする様子を撮影しとけって」

慎吾が勝ち誇ったように打ち明ける。そして、片頰を吊りあげて邪悪な笑みを浮かべた。

「オーナーって、いったい何者なの？」

「それを知ったら、もう一生逃げられないぞ」

慎吾の目つきが変わった。口調も一変している。いよいよ本性を現しはじめたようだ。

「ここのオーナーは、ブラックスコーピオンの幹部なんだよ。俺たちもみんな、ブラックスコーピオンのメンバーだ」

自慢気に語る姿がみっともないが、本人はまったくわかっていない。

凶悪なことで有名な半グレ集団に所属していることが、よほど誇らしいのだろう。チンピラ同士のなかではステータスになるのかもしれないが、一匹狼《おおかみ》の香澄からしたら恥ずかしいだけだった。

（こんな雑魚《ざこ》じゃ話にならないわね）

ブラックスコーピオンの名前を出せば、誰もが怖がると思っている。どうしようもない底辺のチンピラだ。

「ブラックスコーピオンって……あの？」

「そういうことだ。あんたの恥ずかしい動画を撮らせてもらった。逆らえば、動画をインターネットでバラまくからな」

最初から販売目的で盗撮しているくせに、平気で嘘《うそ》をついている。そして、盗撮動画をネタにして、さらなる卑猥《ひわい》な動画を撮影するつもりなのだろう。もちろん、それも販売して荒稼ぎするはずだ。

「インターネットで流したりしたら、ブラックスコーピオンだって、ただではすまないわよ」

香澄が言い返すと、今度は麻友が楽しげに顔をのぞきこんできた。

「そんなのちゃんと対策してあるに決まってるでしょ。警察にチクっても、捕まるのはここの五人だけだよ」

「どうして？　オーナーの命令でやってるんでしょ」

予想していたことだが、念のため確認する必要がある。今、慎吾と麻友は自分たちが圧倒的優位に立っていると思っているため、口が軽くなっていた。情報を聞き出す絶好のチャンスだ。

「俺たちブラックスコーピオンは暴力団とは違う。ほかの仲間に迷惑をかけるようなことはしない。ここの五人が警察に捕まっても、仲間のことは絶対に話さない。それが俺たちの鉄の掟《おきて》だ」

「そうだとしても、オーナーは共倒れね」

「オーナーはただ出資をしてるだけで、店の経営にはいっさいかかわってないんだよ」

慎吾が得意になって説明してくれる。思っていたとおり、ブラックスコーピオンは典型的な半グレ集団だ。

「でも、盗撮動画を流したら、警察がもとをたどるでしょう。流出させたところを捜し出すはずよ。そうなったら、ブラックスコーピオンはお終《しま》いね」

香澄は男をにらみつけた。

拘束されたうえ、乳房も陰毛もさらした状態では迫力がない。それでも、わざと挑発的な言葉を投げかけた。

「だから、そんな間抜けなことするわけねえだろ。海外のサーバーをいくつも経由してるから、たどり着くのはむずかしい。仮にたどり着いたとしても、動画は持ち出し禁止で、この店だけで管理してるんだ。ほかの仲間のことは絶対ばれないようになってるんだよ」

慎吾がむきになってまくし立てる。怒りっぽくて単純な性格のおかげで、貴重な情報を得ることができた。

（やっぱり、そういうことね）

ほぼ予想していたとおりだった。

半グレは暴力団のように実体がない。小さなグループがたくさん集まってできているのが最大の特徴だ。離合集散をくり返しているため、他の仲間につながるような証拠を残さない。そのうえ事務所などの拠点もないため、全体像が把握できなかった。

そういった点からも、この店こそがネット配信の拠点になっている可能性が高いと踏んでいた。紫音は指示を出しているだけで、自分の手は汚していない。知れば知るほど卑劣きわまりない男だった。

「そう……」

香澄は落ち着いた口調でつぶやいた。

一番知りたかったのは、盗撮のデータがどこに保存してあるかだ。すでに流出してしまったものを消すのはむずかしい。だが、大元を抑えることで、これ以上の被害者を出さずにすむ。復讐代行の依頼を受けていなくても、同性として許せない犯罪だった。

「それにしても、あんた、本当にいい身体してるよ。本格的に売り出せば、かなりでかい稼ぎになるぞ」

慎吾が薄笑いを浮かべながら見おろしてくる。

「わたしも気に入っちゃった。香澄さん、わたしの奴隷にしてもいいかな?」

麻友が下腹部に手を伸ばしてくる。オイルにまみれた陰毛を手のひらで包みこみ、ゆったり撫でまわしてきた。

「おまえとのレズ動画を撮るってのもいいな」

「なにそれ、わたしの顔が出るのはやだよ」

慎吾と麻友が勝手に盛りあがっている。あまりにもくだらなくて聞いていられなかった。

「ところで、あなたたちのオーナーってどこにいるの?」

「そんなことを知ってどうするつもりだ」

唐突に尋ねると、慎吾が怪訝《けげん》そうな目を向けてくる。さすがに、そこまで口を滑らせるほど間抜けではないらしい。

「まあいいわ。これだけわかれば充分ね」

香澄はため息まじりにつぶやいた。

「残りはあとでじっくり教えてもらうわ」

「なんだって？」

慎吾が顔をしかめてのぞきこんでくる。その瞬間を狙って、香澄は頭上にあげていた両手を勢いよく打ちおろした。

「ぐッ……」

低い声とともに男の体がどっと崩れ落ちる。顎を思いきり打ち抜いたのだ。組んだ両手に確かな感触があった。慎吾はいったん香澄の上に倒れこむが、押しのけて床に落とした。

「よくも好き放題やってくれたわね」

施術台の上で身を起こす。床に倒れた慎吾は完全に気を失っていた。

「えっ……て、手錠は？」

麻友が蒼白《そうはく》になってうろたえている。なにが起こったのか、まったく理解できていないようだ。オロオロしながらも施術台の下に手を伸ばす。そこにはジャックナイフが隠されていた。

「わたしを本気で拘束したいなら、鉄格子でも用意しなさい」

香澄は施術台からおりると、徒手空拳《としゅくうけん》で麻友と正対する。あらゆる格闘技に精通する香澄にとって、自然体もファイティングポーズと変わらない。

「どこからでもどうぞ」

「死んじゃえっ！」

麻友がいきなりナイフを突き出してくる。香澄は体をさばいてかわしつつ、彼女の手首に手刀を打ちおろす。ナイフが床に落ちて乾いた音を響かせた。すかさず背後にまわりこみ、首に腕をまわすと一気に締めあげた。

「うっ……」

一瞬で麻友の身体から力が抜ける。柔道の裸絞めだ。脱力した女体を床にそっと横たえた。

手錠をはずすなど造作もないことだった。

こういう事態を想定して、いくつもの手立てをあらかじめ講じている。香澄は指先で摘まんでいたピンをアップにまとめた髪に戻した。施術台の上をずりあがったのは、麻友の愛撫から逃れるためではなく、手錠をかけられた手で髪のなかに仕込んだピンを取るためだった。

慎吾も麻友も話に気を取られていた。香澄が手錠をはずしたことにまったく気づいていなかった。

「でかい声がしたけど大丈夫ですか？」

カーテンの向こうから誰かが呼びかけてきた。慎吾が倒れた音を聞きつけたに違いない。この店にはあと三人、従業員がいるはずだ。

（服を着ている暇はないわね）

ずらされた紙のブラジャーも取り去り、一糸纏《まと》わぬ姿になった。

裸体はオイルにまみれてヌラヌラと光っている。香澄はすべてをさらした状態で、カーテンに向かって立っていた。

「店長、入りますよ」

またしても男の声が聞こえてカーテンが開けられる。そこには白い施術着を纏った三人の男が立っていた。

「なっ……」

いきなり裸の女がいたことで動揺する。しかし、すぐに慎吾と麻友が倒れているのに気づいて、三人は香澄を囲むように散らばった。

「店長になにをした？」

鋭い目でにらみつけてファイティングポーズを取る姿は、とてもではないがエステティシャンには見えない。掃き溜《はきだ》めで駄弁《だべ》っているチンピラの匂いがプンプン漂っていた。

「こっちは裸の女ひとりなのに、男三人がかりってわけ？」

香澄は自然体で立ったまま、三人の顔を順番に見やった。

喧嘩《けんか》慣れはしているようだが、格闘技の経験はない。それなりの殺気は漂わせていても構えは隙だらけだ。

「おらぁッ！」

右側に立っていた男が殴りかかってきた。

香澄はすばやく身を沈めて男のパンチを頭上にかわしつつ、一歩踏みこむと同時に右肘を突き出した。

グシャッ――。

鼻骨の折れる確かな感触があった。

男が仰向けに倒れこみ、顔を両手で押さえて転げまわる。ギャアギャア騒いでうるさいので、顎を蹴りあげて気絶させた。

「男のクセに騒がないでくれるかしら」

静かになったところで、残りのふたりに向き直る。男たちの顔つきが変わっていた。一筋縄ではいかないとわかったのだろう。ふたりはファイティングポーズを取り、両側からジリジリ迫ってくる。

だが、香澄を警戒するあまり、必要以上に力が入っていた。そんなに力んでいたら、スピードが落ちてろくな攻撃ができなくなる。間合いをつめてきたふたりが、同時に襲いかかってきた。

「ぶっ殺してやるっ！」

「うおおッ！」

右手から迫ってきた男に、三日月蹴りをたたきこむ。レバーを確実に捉えて、男はたった一発で腹を抱えてうずくまった。

蹴り足を引き戻す勢いで身体を反転させる。それと同時に右の正拳突きを、左から襲いかかってきた男の顎に炸裂《さくれつ》させた。

「セイッ！」

拳に確かな感触があった。顎を打ち抜かれた男は、糸が切れた操り人形のようにくずおれた。

どんなに鍛えても女の腕力には限界がある。だが、技の精度をあげることに限界はない。人体の急所をピンポイントで的確に捉えれば、一発で男を倒すことも不可能ではなかった。

勝負は一瞬で決まった。

あらゆる格闘技の修業を積み、実戦経験も豊富な香澄にとって、ド素人《しろうと》のチンピラ五人など楽な相手だ。まるで手応えがなく、ウォーミングアップにもならなかった。

5

香澄は店内で発見したガムテープで五人の手足を拘束した。

意識を失っている者と苦痛に呻《うめ》いている者がいたが、区別することなく自由を奪った。

そして、タオルで全身のオイルをしっかり拭き取り、ネイビーのワンピースを身に着けた。髪をおろして身だしなみを整えると、受付の裏にある小部屋に向かった。

そこにはコピー機のほかに数台のパソコンやハードディスクなどが、所狭しと配置されている。パソコンを立ちあげれば、すぐに盗撮動画を管理しているフォルダを発見できた。

きっちり管理してあるのでわかりやすい。被害者はかなりの人数だ。かるく三桁はいっているだろう。まずはつい先ほど撮影された自分の動画ファイルを削除した。

そして、安雄の妻、西島京香の動画を検索する。

安雄の依頼内容は紫音への復讐だ。妻を無事に取り返したいとも言っていたので、動画を削除してやる必要があるだろう。

西島京香の動画ファイルを発見した。

五本ある。日付の古いものから早送りで内容を確認していく。オイルマッサージを施されて最後にセックスする。四本目まで流れはほぼ同じで、似たような内容だ。最後のセックスで体位が違うだけだった。

そして、五本目の動画ファイルを再生する。これは撮影された場所が違っていた。安雄から聞いていたソーププレイのレクチャー動画だ。

（この男……）

そこに映っている紫音の顔を見た瞬間、心臓がバクンッと音を立てた。

二年前の記憶がよみがえる。柳田組の事務所に潜入したとき、囚われの身となった恋人の良介が射殺された。

——シオンが殺ったぞ！

混乱のなか誰かが叫んだ。

あのとき香澄の目に映ったものは——床に倒れた良介。ひろがっていくまっ赤な血だまり。そして、目を見開いた凄絶な男の顔。その男は、震える手に拳銃を握りしめていた。

（見つけた……）

胸の奥に復讐の炎が燃えあがった。

もしかしたら、忘れたかったのかもしれない。恋人が殺されたときの記憶を消したかったのかもしれない。深層心理に押しこめられていた記憶が一気にフラッシュバックした。

銃口からあがっている硝煙《しょうえん》もはっきり覚えている。

あのとき拳銃を握っていたのは、モニターのなかで京香にソーププレイを教えている男だ。柳田組に所属していた男が、今は対立するブラックスコーピオンの一員になっていた。

復讐の青白い炎が静かに燃えている。

ついに恋人を殺した男を見つけたのだ。だが、まだ居場所がわからない。慎吾を絞りあげて吐かせるつもりだ。簡単には口を割らないだろう。しかし、紫音にたどり着くためなら、どこまでも残酷になれる。たとえ拷問してでも聞き出すつもりだ。

モニターには、ソーププマットの上でつながっている紫音と京香の姿が映し出されている。京香が騎乗位で腰を振りまくり、やがて絶頂に達して男の胸板に倒れこんだ。

安雄に聞いていたとおりの展開だった。

DVDの動画はこのあたりで終わっていたはずだ。ところが、動画にはつづきがあった。

（これは……）

最後まで見届けると思わず眉根を寄せた。

こうなってくると話はまったく違ってくる。とはいえ、紫音に復讐することに変わりはない。

USBメモリーに、紫音と京香のソーププレイ動画をコピーする。そして、ハードディスクにある京香と安雄の動画はすべて消去した。

ほかにも被害者は大勢いるが、盗撮の証拠をすべて消すわけにはいかない。同性として気の毒な気もするが、ここの連中を告発するためには残しておく必要があった。

施術スペースに戻ると、拘束した五人は全員意識を取り戻していた。

簡単に倒されたうえ、手足をガムテープでぐるぐる巻きにされている。圧倒的な力の差を見せつけたことで、逆らう気力をなくしているらしい。誰もが視線をそらしてうつむいた。

「あなたに聞きたいことがあるんだけど」

香澄はまっすぐ慎吾に歩み寄った。

慎吾は目を強く閉じて顔をそむけている。なにも答える気がないという意思表示だろう。だが、こんな雑魚に時間をかけるつもりはなかった。

「人が話しかけてるんだから返事をしなさい」

ハイヒールのつま先で脇腹を小突くと、とたんに慎吾は苦痛の呻きを漏らして目を開けた。

「うぅっ……お、俺はなにも知らねえ」

まだなにも質問していないのに、慎吾は首を左右に振った。そして、床の上を這って逃げようとする。だが、後ろ手に拘束して足首にもガムテープが巻いてあるため、芋虫のように蠢《うごめ》くことしかできない。

「あなたたちのオーナーって、紫音ってやつよね」

香澄は構わず質問を浴びせかける。だが、慎吾はなにも答えず、口を真一文字に引き結んでいた。

「だんまりってわけね。いいけど、わたし、気が短いのよ」

容赦するつもりはない。ハイヒールの踵《かかと》で肋骨《ろっこつ》の間を踏みつける。細い踵がはまりこみ、ググッと奥までめりこんだ。

「うぐああッ」

さすがに黙っていられず慎吾が苦痛の呻き声をまき散らした。

その様子をほかの連中は黙って見つめている。いつ自分たちにも暴力が降りかかるかと怯えきっていた。

「い、息が……し、死ぬっ、や、やめてくれ」

慎吾が大騒ぎするので、踏みつける力を少し緩める。

「質問に答えなさい」

「ど、どうして、紫音さんのことを調べて——ぐあッ」

再び無言でハイヒールをめりこませる。慎吾は額に脂汗を浮かべて、拘束された体を悶えさせた。

「ひぐうッ」

散々苦痛を与えてから足をどける。そして、横向きに倒れている慎吾の背後でしゃがみ、後ろ手に拘束してある手の指をつかんだ。

「まずは人差し指から——」

「ま、待て、待ってくれ、答える、ちゃんと答えるから」

慎吾が慌てて大声をあげる。恐怖に駆られているのか、汗だくになりながらも全身が小刻みに震えていた。

「ずいぶん、あっさりしてるのね。信用できないわ。仲間のことは絶対に話さないんじゃなかったの?」

つかんだ指をゆっくり反らしていく。すると、慎吾が悲鳴にも似た大きな声をあげた。

「ひいッ、ま、待てって、ウソは言わねえ。だから頼む、折らないでくれ」

香澄が力を緩めると、慎吾は大きく息を吐き出した。

「し、質問には答える。けど、その前にひとつだけ教えてくれ。そうしたら、なんでも答えるから」

「あまり時間がないから手短に」

「あ、あんた……ふ、復讐代行屋なんじゃねえか。確か、スゴ腕の女復讐代行屋がいるって話を聞いたことがある。殺し以外はなんでもやるって噂《うわさ》の……もしかして、あんたじゃねえのか？　こんなに強い女が何人もいてたまるか。なあ、そうなんだろ？」

　慎吾の恐怖に駆られた声が響き渡る。ほかの四人はその様子を、固唾《かたず》を呑んで見守っていた。

「知ってるぞ、伝説の復讐代行屋だ。柳田組の組長を半殺しにしたんだろ、今でも寝たきりだって……二カ月前に黒岩興業を襲撃したのも、女復讐代行屋の仕業だって噂だ」

「答える義務はないわ」

　香澄は感情のこもらない冷たい瞳で男の顔を見おろした。

「わ、わかった……な、なんでも聞いてくれ。その代わり、頼むからなにもしないでくれよ」

先ほどまで自分はブラックスコーピオンのメンバーだと粋がっていたのに、涙声で必死に懇願している。情けない男だ。

「紫音はどこにいるの？」

「知らねえよ、そんなこと……」

「あ、そう」

人差し指を握った手に力をこめる。手の甲に向かって指を反らしていくと、骨がミシミシと軋《きし》んだ。

「うわあッ、ま、待ってくれ。あの人がよく行く店なら知ってるっ」

「指が折れる前に白状しなさい」

もう容赦するつもりはない。あと少しでも力を入れれば、骨は簡単に折れるだろう。

「バ、バーがあるんだ。スネークっていう小さい店だ。紫音さんの仲間が集まるらしい。そこに行けば会えるかもしれねえ」

「小さいって、どれくらい小さいの？」

「俺は一回した行ったことがねえから……たぶん十人ちょっとも入ればいっぱいだ。天井も低いし、穴蔵みたいなバーだよ」

「どこにあるの？　店の住所は？」

香澄が畳みかけるように尋ねると、慎吾はすっかり素直になって洗いざらい答えた。

「じゃあ、あとは警察にまかせるわ」

必要な情報は聞き出した。香澄が立ち去ろうとすると、慎吾が慌てて声をかけてきた。

「お、おい、ちょっと待てよ。ちゃんと答えたのに警察に突き出すのかよ」

「だったら、ブラックスコーピオンの幹部連中に泣きつく？　秘密をベラベラしゃべったあなたが、無事でいられるとは思えないけど」

「こ……殺されちまう」

慎吾が蒼白になってつぶやいた。

警察に捕まった方が安全なのは考えるまでもない。ブラックスコーピオンの鉄の掟を破り、仲間を売ったのだ。

「で、でも……釈放されたあとは……」

慎吾だけではなく、ほかの四人も顔色を失っている。ブラックスコーピオンの恐ろしさを誰よりも知っているのだ。

「逃げるしかないわね。地の果てまで」

香澄は突き放すようにつぶやいた。

逃げ場はない。やつらはどこまでも追ってくる。裏切り者は決して許さないだろう。だが、自業自得というやつだ。大勢の苦しめた人たちのことを思えば、当然の報いだった。

香澄は警察に密告の電話を入れると、エステサロンをあとにした。

第五章　裏切りの連鎖

1

目が覚めると昼すぎだった。

明け方、廃倉庫で香澄に会って仕事を依頼した。そして、マンションに帰ってきたが、いろいろありすぎて頭のなかが沸騰したような状態だった。とてもではないが眠れないので、とりあえずシャワーを浴びた。

体はヘトヘトに疲れきっている。それなのに、神経が昂《たかぶ》っているせいか、眠気が襲ってこなかった。

それでも、いざというときのために休んでおくべきだ。奪われた妻を取り返すため、紫音と戦う場面があるかもしれない。今は落ち着かないが、体を休めることが重要だ。

いつ妻から連絡があるかわからないので、枕もとにスマホを置いてベッドに横たわった。

頭に浮かぶのは、媚薬オイルマッサージを施されている京香の姿だ。首を振って打ち消すと、今度はソーププレイを教えこまれている京香の動画を思い出してしまう。

悶々《もんもん》として寝返りを打ちつづけた。それでも、よほど疲労が蓄積していたのだろう。いつの間にか意識が暗闇に呑《の》みこまれていた。

いったいどれくらい眠っていたのだろう。

はっとして目を開けると、窓の外には心境とは裏腹に雲ひとつない青空がひろがっていた。スマホで時間を確認すると、すでに正午をまわっている。だが、店を開ける気はなかった。

妻のことが心配で仕事どころではない。残念ながら、妻からの着信もメールもなかった。

(本当に大丈夫なのか?)

寝室の天井を見つめてふと思う。

妻の動画を見て動揺した結果、勢いのまま復讐《ふくしゅう》代行屋に依頼した。しかし、信用してもいいのだろうか。ネットで調べた噂《うわさ》だと、報酬は莫大《ばくだい》だという。ところが、彼女から具体的な金額の提示はなかった。

よくよく考えたら前金を支払っていない。いくらかを先に渡して、仕事が成功してから残りの代金を支払う。こういうやばい仕事はなんとなく、そんなイメージがあった。

（いや、でも……）

今朝の廃倉庫でのやり取りをはっきり覚えている。

――あなたの復讐、引き受けたわ。

そう言ったときの香澄の瞳が印象に残っていた。

静かだが力強く言いきった。あの言葉を信じるしかない。安雄には縋《すが》るものがなにもなかった。

なんとしても妻を助けたい。紫音は最低最悪の卑劣な男だ。あんな男に連れ去られたら、今ごろどんな目に遭っているかわからない。もしかしたら、すでにソープランドで働かされているかもしれないのだ。

「クソッ……」

安雄はベッドに腰かけると、頭を抱えて髪をかき毟《むし》った。

力がほしい。半グレ集団をひねりつぶせるくらいの圧倒的な力を、喉から手が出るほど欲していた。でも、どんなに願っても叶《かな》わないとわかっている。だからこそ、裏の世界に頼ったのだ。

(復讐代行屋……)

心のなかでつぶやくだけで寒気がした。

まさかそんな仕事が実際に存在するとは知らなかった。しかも、プロポーション抜群の美女とは驚きだ。

矢島香澄——彼女は人殺しをやらないという。だが、仕事を引き受けると言ったとき、平気で人を殺《あや》めそうな仄暗《ほのぐら》い瞳をしていた。

京香を取り返して、紫音に復讐する。

それが安雄の依頼だ。とにかく、京香の安否が気になっている。昨日の何時に連れ去られたのかわからないが、そろそろ丸一日になるのではないか。妻がまた慰み者になっていると思うと気が気でなかった。

香澄も事態が切迫していると思ったらしく、すぐに動くと言ってくれた。今は彼女を信じて待つしかなかった。

そのとき、インターホンのチャイムが鳴り響いた。

時刻はもうすぐ午後一時になるところだ。安雄は胸騒ぎを覚えてリビングに向かった。壁に取りつけられているインターホンのパネルを見ると、液晶画面に黒髪の女が映っていた。

「や、矢島さんっ」

通話ボタンを押すなり語りかける。すると、彼女はあからさまにむっとした様子でカメラをにらみつけてきた。

「名前を呼ばないで。人に聞かれるでしょう」

そう言われてはっとする。安雄の声はエントランスに響いているはずだ。たまたまそこに第三者が通りかかれば話の内容を聞かれてしまう。そこまで気がまわらなかった。

「す、すみません、入ってください」

慌てて解錠ボタンを押すと、エントランスの自動ドアを開いた。

やがて香澄がやってきて、リビングに迎え入れる。彼女はネイビーのワンピースに身を包んでいた。

「エステサロン・ミューズの連中は、今ごろ警察に捕まってるはずよ」

ソファを勧めたが、香澄は座ろうとしない。時間を惜しむように、立ったまま話しはじめた。

「奥さんとあなたの動画は消去した。それ以前に販売されてしまった奥さんの動画は、わたしじゃどうにもならないわ」

「も、もう、そこまで……矢島さんがひとりで？」

あの店には五人の従業員がいたはずだ。まさか、彼女がひとりで乗りこんだというのだろうか。

「わたしは誰の手も借りないわ」

香澄は何事もなかったように言い放った。

「間違ってもあのエステサロンには近づかないで。警察に職務質問されるかもしれないから。それと、紫音が最近よく出入りしている場所がわかったわ。上野《うえの》にある『スネーク』っていうバーよ」

仕事の早さに驚かされる。本当にすぐ動いてくれたとわかり、少し希望が見えてきた。

「そ、それで、京香は……妻はどうなったんですか？」

「たぶん紫音といっしょにいるはずよ。今からバイクを取りに戻って、すぐスネークに向かうわ。エステサロンが摘発されたとわかったら、紫音たちも必ず動き出す。逃げられる前に捕まえないと」

なにか妙だった。

急いでいるなら報告はあとでもいいはずだ。中間報告をするために、わざわざここに立ち寄ったとは思えなかった。

「もしかして、俺を迎えにきてくれたんですか？」

そう思ったのだが、香澄は黙ってなにかを差し出してきた。手を伸ばして受け取ると、それはＵＳＢメモリーだった。

「これは……」

「エステサロンにあったハードディスクからコピーしたの。大元は消去してあるから心配ないわ。奥さんを助けに行くかどうかは、それを見てから判断したほうがいい」

「助けに行くに決まってるでしょう。俺の妻ですよ」

思わず食ってかかるが、彼女はまったく聞く耳を持たない。そして、スネークの住所が書かれたメモ用紙をテーブルに置いた。

「わたしは先に行ってるわ。あなたは、とにかくそれを最後まで見て。必ず最後まで見るのよ。奥さんの真実が映ってるから」

そう言い残すと、香澄は背中を向けて部屋から出ていった。

（京香の……真実……）

気になって仕方がない。わざわざこのＵＳＢメモリーを渡すために、彼女は時間を割いて立ち寄ったのだ。

見ないわけにはいかなかった。

安雄は書斎に向かうと、急いでパソコンを立ちあげる。そして、ＵＳＢメモリーをつないで中身を確認した。動画ファイルがひとつだけ保存されている。これを見れば京香の真実がわかるという。

ファイルをダブルクリックすると動画ソフトが立ちあがり、記録されていた映像が流れはじめた。

（これは……）

2

パソコンのモニターに映し出された動画を目にして、安雄は思わず眉間に縦皺《たてじわ》を刻みこんだ。

以前、見たことがある。DVDに保存されていたソーププレイをレクチャーする動画に間違いない。偉そうな態度の紫音と、怯《おび》えた様子の京香が映し出されていた。

(見たやつじゃないか)

こんなもの何度も見たくない。怒りがこみあげて切ろうとするが、ギリギリのところで踏みとどまった。

香澄は、必ず最後まで見ろ、京香の真実が映っていると言っていた。

よほど重要な情報が記録されているに違いない。安雄も急いで妻を助けに向かいたいが、香澄があそこまで言うのだから確認するべきだろう。一度見たところは早送りして、ふたりが騎乗位で達した直後から再生した。

ソープマットの上で紫音が仰向けになっている。京香が股間にまたがり、夫以外のペニスを受け入れて命じられるまま腰を振った。盗撮動画をネタに脅されて、逆らうことができなかったのだ。

「あンっ……はあンっ」

京香は絶頂に達して力つきた。男の胸板に倒れこみ、今はディープキスを交わしているところだ。

ふたりの身体《からだ》はローションにまみれている。

まだ絶頂の余韻が残る女体を、筋肉質の腕でがっしり抱かれていた。紫音の右肩には黒いサソリのタトゥーがある。この男がブラックスコーピオンのメンバーである証《あかし》だった。

まだ性器はつながっているにもかかわらず、ふたりは濃厚なディープキスを交わしている。紫音が下から抱きしめて、妻の唇と舌を貪っていた。

「くっ……」

何度見ても腹立たしい。激しい憤怒がこみあげて、安雄は思わず拳を握りしめていた。

DVDの映像はここで終わりだった。

しかし、動画は切れることなくつづいている。紫音が女体から手を離すが、それでも京香は男の唇に吸いついていた。

絶頂に達したことで、頭のなかまで痺《しび》れているのだろうか。望まない快楽だったが、それでも思考が麻痺《まひ》するほど感じてしまったのではないか。だから、今は一時的に判断力が鈍っているのだ。

そう自分に言い聞かせるが、それにしても京香は唇を離さない。それどころか両手で男の顔を挟みこみ、情熱的に舌を吸っていた。

「あふンっ、紫音くん……ああンっ」

一瞬、自分の耳を疑った。

京香はキスの合間に「紫音くん」とささやいた。やけに親しげな響きだ。聞き間違いだと思いながら、モニターをじっと凝視した。

「あっ……ああっ」

京香の尻が蠢《うごめ》いている。上半身を伏せた騎乗位の体勢で、ねちっこく尻を回転させていた。

「おい、なにやってんだ」

紫音が薄笑いを浮かべながら声をかける。すると、京香も楽しげに笑い、男の唇にチュッとキスをした。

「だって、紫音くんのおチ×ポ、すごく気持ちいいの」

またしても卑劣な男のことを親しげに呼んだ。しかも、淑《しと》やかな妻の唇から信じられない単語まで飛び出した。

ていた。

（な、なんだ？）

安雄はなにが起こっているのか理解できず、呆気《あっけ》に取られてモニターを見つめていた。

「これは旦那に見せる動画だって言っただろ。ちゃんと演技をつづけろよ」

「もうこれくらいでいいでしょ。ねえ、楽しみましょうよ」

京香が甘えるように言って、またしてもディープキスをしかけていく。すると紫音も仕方なくといった感じで舌をからめていった。

舌をからめ合わせては、互いの口のなかに滑りこませる。粘膜同士をヌメヌメと擦《こす》りつける様は、まるで恋人同士のようだった。

「旦那に渡すＤＶＤは編集すればいいか」

「そうよ。もう我慢できないわ……ああっ」

京香は上半身を起こすと、本格的に腰を振りはじめる。股間をリズミカルにしゃくりあげて、積極的に快楽を貪り出した。

「それにしても、今日はずいぶんノリノリじゃねえか」

「だって、やっとあの人から解放されるんだもの」

「おいおい、旦那に悪いと思わねえのか」

紫音が笑いながら、妻の乳房に手を伸ばしていく。ローションで濡《ぬ》れ光る乳房をゆったり揉《も》みあげた。

「ああンっ……うちの人、商売の才能がないのよ。自分のせいで店が傾いたのに、諦めきれずに立て直そうとしてるんだもの」

京香が呆《あき》れたような口調でつぶやき、腰を振りつづけている。夫以外の男のペニスを咥《くわ》えこみ、うっとりした顔をさらしていた。

（きょ、京香……ウ、ウソだよな？）

信じられなかった。

安雄はモニターを見つめたまま、全身をカタカタ震わせていた。こらえきれずに溢《あふ》れた涙が頬を伝っている。嘘《うそ》だと思いたいが、モニターに映っているものが真実だということもわかっていた。

「旦那が必死こいて店を立て直そうとしてるときに、俺にナンパされてホイホイついてくるんだから、京香、おまえって悪い人妻だよな」

紫音が双《ふた》つの乳首を摘《つ》まみあげると、女体が感電したように痙攣《けいれん》する。それと同時に膣《ちつ》も締まったらしく、紫音も気持ちよさそうな呻《うめ》きを漏らした。

「ううッ……人妻のマ×コはやっぱり締まりが違うな」

「あのときは、もう離婚しようと思ってたの。店を閉めないと、借金がどんどんふくらむでしょ。もう貧乏暮らしはいやだったの」

妻の声がどこか遠くに聞こえる。

これが本当に愛する妻の声だろうか。いや、声は間違いなく妻なのだが、しゃべっている内容が受け入れられなかった。

京香はニシジマ洋品店が上手《うま》くいっていないことを知っていたばかりか、離婚の決意まで固めていたのだ。そんなとき、紫音にナンパされて、あっさり不倫に走ったという。

「でも、まさか紫音くんが半グレだとは思わなかったわ。知ってたら、ついていかなかった」

「今さらなに言ってんだよ。俺のチ×ポが大好きなんだろ」

紫音が股間を突きあげる。とたんに京香は腰をくねらせて、甘い喘《あえ》ぎ声を振りまいた。

「ああッ、い、いいっ、そうよ、これが好きなの」

「俺のチ×ポのどこが好きなんだよ?」

「夫より大きくて、奥まで届くから……あああッ、好きいっ」

京香が狂ったように腰を振りはじめる。紫音のペニスを根元まで呑みこみ、思いきり股間をしゃくりあげていく。喘ぎ声は大きくなる一方で、妻が若いペニスの虜《とりこ》になっているのは間違いなかった。

「本当に計画は上手くいくんだろうな？　どうせ、あんな店じゃ、ろくな盗撮動画が撮れないんだ」

「大丈夫よ。わたしを人質にすれば、あの人、店を売ってお金を用意してくれるわ。そうしたら、もう用なしね……あああッ」

京香の腰の動きが加速する。下腹部をうねらせながら絶頂への急坂を駆けあがるのが、手に取るようにわかった。

「あぁッ、いいっ、すごくいいのっ、あああッ、イクッ、イクううッ！」

「おおおッ、いいぞっ、くおおおおおおッ！」

ふたりが息を合わせて同時に昇りつめていく。京香のよがり泣きと紫音の獣のような声が交錯した。

またしても京香が男の胸板に倒れこむ。ふたりはしっかり抱き合い、熱い口づけを交わしはじめた。

安雄はモニターを見つめたまま微動だにしなかった。

まるで心から感情が抜け落ちてしまったようだ。先ほどまで流れていた涙もとまっている。胸に渦巻いていた悲しみと怒りが消え去り、ただぽっかり穴が空いたようになっていた。

精神的なショックが大きすぎると、なにも感じなくなるのかもしれない。現実感がなくなり、目に映る物すべてが色を失っていた。

どうしてこんなことになったのだろう。

なんとか店を立て直したい一心で、紫音に誘われるまま盗撮をはじめてしまった。口車に乗せられた自分が馬鹿だったと思う。ほんの一時だけのつもりだったのに、紫音に裏切られて盗撮をやめられなくなった。

だが、それ以前に妻が裏切っていた。

不倫に走り、店を売り飛ばして金に換えようとしていたのだ。しかも、その金を紫音と共謀して奪う計画を立てていた。

妻に楽をさせてやりたかった。そういう思いがあったから、必死にがんばってきたのだ。それなのに、安雄が汗水垂らして働いている間、京香は若い男と不倫を楽しんでいた。

それだけではなく、安雄からすべてを奪う計画を立てて、それを実行に移していたのだ。

許せなかった。

腹の底から沸々となにかが湧きあがってくる。最初は地割れから染み出す程度だったが、瞬く間に量が増えていく。激しい感情が噴きあがり、空っぽだった胸を満たしていった。

いつしか、愛情が憎悪に変わっていた。

3

タクシーに乗りこむと、メモ用紙に書いてあったスネークの住所を運転手に告げた。

感情が昂りすぎて、運転するのは危険だった。それに自分で運転するより、タクシーのほうが早いと判断した。自分にできることなどないかもしれない。それでも家でじっとしていられなかった。

香澄はバイクを取りに行ってから、スネークに向かうと言っていた。すでに到着しているかもしれなかった。

「運転手さん、急いでください」

つい急《せ》かしてしまう。今、信用できるのは香澄だけだ。とにかく、彼女のもとに駆けつけたかった。

「このあたりだと思うんですけど」

運転手がそう言ってタクシーを停《と》めた。

上野駅から少し離れた雑居ビルが建ち並ぶ地域だった。あとは歩いて捜すしかない。バーなら看板が出ているだろう。

料金を支払ってタクシーを降りた。そして、周囲を歩きまわっていると、意外にもすぐに「SNAKE」の文字が目に入った。

雑居ビルの地下へとつづく階段の入口に、その看板はかかっていた。

入口の前にオートバイが五台ほど停まっている。そのなかにひときわ目立つ黒い大型のマシンがあった。ガソリンタンクに「Kawasaki」のロゴが見える。香澄のオートバイに間違いない。

(ここに、京香が……)

おそらく、妻はこの店にいる。

いざとなると複雑な気持ちになってしまう。先ほど決定的な映像を見たにもかかわらず、まだ心の片隅には妻を信じたい気持ちが残っていた。

安雄は意を決すると、まっ昼間だというのに薄暗い階段を降りていく。逃げ出したくなるが、どうせ自分には失うものなどなにもない。ここまで来たら、すべてを見届ける覚悟だ。

階段を一番下まで降りると、錆《さ》びた鉄製のドアがあった。蝶番《ちょうつがい》も錆びついているせいか、ドアは完全に閉じていない。わずかに隙間ができており、なかの会話が漏れ聞こえていた。

「まさか、おまえがここに来るとはな」

紫音の声だ。ということは、京香もいっしょにいるのではないか。

安雄は逸《はや》る気持ちを懸命に抑えて、ドアの隙間に顔を近づける。そして、恐るおそる店内の様子をのぞき見た。

右手にカウンターがあり、奥の方へとまっすぐ伸びている。カウンターにはウォッカやバーボンの瓶がたくさん並んでいた。左手にボックス席があるようだが、照明が絞ってあるのでよく見えない。ただ薄暗いなかに、人の蠢く気配は伝わってきた。

ブラックスコーピオンの仲間が集まっているに違いない。暗くよどんだ雰囲気から察するに、エステサロンの連中とはわけが違う。いかにもやばそうな空気が漂っていた。

(こ、これは……)

まだなにもはじまっていないのに脚がすくんだ。一般人の安雄が飛びこめば、一瞬で八つ裂きにされそうだった。

手前に黒いライダースーツの背中が見える。香澄がこちらに背中を向けて立っているのだ。カウンターにはスツールが六つほど並んでいる。一番奥に紫音が座っていて、その手前には京香の姿があった。

(きょ、京香!)

顔を見た瞬間、懐かしさがこみあげた。

会えなかったのはたった一日だが、何年も離れていた気がする。やはり簡単には嫌いになれない。七年の結婚生活で積みあげてきた絆《きずな》がある。煮えたぎるような憎悪を忘れて、妻の姿をじっと見つめた。

(どうしたっていうんだ?)

そこにいるのは安雄の知っている妻とはまるで違う。別人かと思うほど、やさぐれた雰囲気が漂っていた。

身体のラインが浮き出る白いノースリーブのワンピースを着て、脚をゆったり組んでいる。ワンピースの裾が短いため、むっちりした太腿《ふともも》がなかほどまで大胆に露出していた。

なにより、ほっそりした指にタバコを挟んでいる姿が衝撃的だった。細長いのでメンソールだろう。紫煙をくゆらせる姿は様になっている。タバコを咥える唇は、まっ赤な口紅で彩られていた。

（いつから、吸ってるんだ？）

清楚《せいそ》だった妻とは思えない。あまりの変わりように困惑した。

京香は煙が苦手だった。出会ったころ、安雄はタバコを吸っていたが、妻のために禁煙したのだ。それなのに今、目の前で京香は唇をすぼめて煙を吐き出している。

「この女、紫音くんのお知り合い？」

京香が気怠《けだる》げな表情でつぶやいた。

カウンターには琥珀《こはく》色の液体が入ったグラスが置いてある。ウイスキーだろうか。妻はあまり酒が強くない。ウイスキーを飲んでいるところを見るのなど、これがはじめてだった。

「復讐代行屋だ」

紫音が答える。そして、グラスを手にして琥珀色の液体を喉に流しこんだ。

「なにそれ？」

「復讐代行屋の矢島香澄、裏の世界じゃ有名人だ。依頼すれば、自分の代わりに復讐をしてくれるんだ。でも、その見返りとして莫大な報酬を要求するっていう最低なやつだよ」

自分のことは棚にあげて、蔑むような言い方をする。だが、紫音こそ最低最悪のクズ野郎だ。

「二年ぶりの再会なのに、ずいぶんな言われようね」

香澄が口を開いた。

穏やかな物言いだが、強い感情が滲《にじ》んでいる。それが怒りなのか悲しみなのか、それとも違うものなのかはわからない。とにかく、激しく燃え盛る思いを抱えているのは確かだ。

「その復讐屋さんが、どうして紫音くんに会いに来たの？」

京香が興味を示して、香澄と紫音を交互に見やった。

「さあね、俺はいろんなやつから恨まれてるからな。どっかのバカが復讐を依頼したんじゃないのか。それとも、復讐代行屋が個人的に俺のことを恨んでたりしてな」

紫音が挑発的な笑みを浮かべる。

「たとえば、恋人を殺された復讐とか」

衝撃的なひと言だった。

その直後、香澄が微《かす》かに身じろぎした。ライダースーツの背中に殺気がひろがるのがわかった。

（矢島さんの恋人が、紫音に……）

安雄は思わず息をとめて凝視した。

それが本当だとしたら、紫音は殺人者ということになる。場の空気が張りつめていた。なにか恐ろしいことが起こる前触れではないか。安雄は指一本動かすことができずに固まっていた。

「あなた、柳田組を裏切ったの？」

香澄が感情を押し殺した声で尋ねる。顔を確認することはできないが、氷のような冷たい表情になっているに違いなかった。

「もう暴力団って時代じゃねえからな。だからって、対立するブラックスコーピオンが受け入れてくれるわけもない。それで親父《おやじ》の首を手土産《てみやげ》にすることを思いついたってわけよ」

紫音が嬉々《きき》として語りはじめる。

親父とは組長のことだろう。武勇伝を披露するのが気持ちいいのか、目を剝《む》いて凶悪そうな笑みを浮かべていた。

「そのことを俺からブラックスコーピオンに提案したら、復讐代行屋が柳田組の事務所に侵入する日を教えてくれたんだ。その日の混乱に乗じて、親父を殺《や》れってことさ」

「じゃあ、わたしが潜入する情報をリークしたのは……」

「俺だよ。放っておいたら、あんたは仕事を完璧にやり終えちまうだろ。騒ぎにならないと、親父を殺るチャンスがねえからな」

紫音はもともと柳田組の構成員だったが、組長を殺してブラックスコーピオンに寝返ることを画策したらしい。自分ひとりが生き残っていくためなら、仲間を裏切ることを屁とも思わないゴキブリのような男だった。

「あんたの恋人が事務所の近くをうろついていたのは計算外だったけど、これは使えると思って捕まえたんだ。そうしたら都合よく暴れてくれたんで、チャンスだと思って撃ったんだ。二発目を親父に当てるつもりだったが、二発ともあいつに当たっちまった」

事故に見せかけて組長を殺害後、騒ぎに紛れて逃げる計画だったらしい。その結果、関係のない香澄の恋人が命を落としたのだ。

「あれ以上、ぶっ放したら、俺がその場で兄貴たちに殺されちまう。失敗したと思ったら、あんたが親父の首の骨を折ってくれたんだ」

組長は頸椎《けいつい》を損傷して、今でも寝たきりの生活を送っている。殺害することはできなかったが、柳田組に大打撃を与えたことで、紫音はブラックスコーピオンへの加入が認められたという。

(な……なんてやつだ)

安雄は震えがとまらなかった。

こんな恐ろしい男とかかわっていたのだ。紫音は少なくとも人をひとり殺している。自分もいつ殺されてもおかしくなかった。

「紫音くん……」

京香が怯えたように顔をひきつらせている。

どうやら、今の話は初耳だったようだ。これで目が覚めてくれればと思う。ところが、京香は紫音の肩にしなだれかかった。

「俺のこと、怖くないのか？」

「もう好きになっちゃったから」

男の本性を知っても離れることができない。惚《ほ》れた弱みと言うが、妻の愚かな姿を目にしてショックだった。

（もう、俺の好きだった京香はいないんだ……）

そのことをはっきり認識する。それと同時に、妻への未練が完全に消えてなくなった。

「よくわかったわ。あなたがクズのなかのクズだってことが」

香澄が一歩進み出る。

すると、左手のボックス席で動きがあった。十人ほどだろうか、凶悪そうな顔をした男たちがゾロゾロ現れた。それぞれ手にナイフや警棒を握り、メリケンサックをはめた者もいる。

「エステサロンが襲われたって聞いて、仲間を集めておいたんだ。まさか、おまえとは思ってなかったけどな」

どうやら、すでに情報が入っていたらしい。暴力団に取って代わろうとしているだけのことはある。半グレ集団の情報網は侮れなかった。

「待ち受けていたってわけね」

香澄は淡々としていた。

まったく動揺する素振りがない。いや、もしかしたら平静を装っているだけではないか。彼女がどれだけ強いのか知らないが、得物《えもの》を手にした男十人が相手では勝てるはずがない。このままでは犬死にするしかなかった。

4

（や、やばいぞ……）

安雄は心のなかでつぶやくが、身動きできなかった。

先ほどから膝が震えっぱなしだ。自分が飛びこんだところで足手まといになるだけだし、かといって逃げることもできなかった。

「おしゃべりの時間はお終《しま》いだ。エステサロンの連中が捕まったなら、警察がここにも来るかもしれない。俺たちもゆっくりしてられないんでね」

紫音が顎をしゃくると、メリケンサックをはめた男が踏み出した。

その直後、香澄が女豹《めひょう》のようにしなやかな動きで左脚を振りあげる。目にもとまらない速さのサイドキックが男の顎を打ち抜いた。白目を剝いて、どっと崩れ落ちる。男は完全に意識を失っていた。

（す……すごい）

安雄は思わず心のなかで唸《うな》った。

零コンマ何秒の出来事で、ほかの男たちは指一本動かせない。香澄は息ひとつ乱すことなく、もとの体勢に戻っていた。

「なかなかやるじゃねえか」

紫音がつぶいてニヤリと笑う。

「でも、素手でこいつらに勝てるかな？」

その言葉を合図に、警棒を握りしめた大男が前に出る。そして、腕を頭上に振りあげた刹那《せつな》、鈍い音がして男の巨体は前のめりに倒れていた。

（い、今のは……）

安雄は背後から見ていたので、決定的瞬間を見逃さなかった。

香澄は男が倒れる直前、右手を上から背中にまわした。色が同化して気づかなかったが、黒い革袋を背負っていたのだ。その袋からなにかを引き出すのが確かに見えた。

風を切るヒュンッ、ヒュンッという音がバーのなかに響き渡る。

香澄が黒い物を振りまわしていた。動きが速すぎて、残像しか捉えることができない。誰もが呆気に取られて見つめるなか、ナイフを持った男が痺れを切らしたように突進した。

「オラアアッ！」

雄叫《おたけ》びをあげるが、ゴツッという鈍い音がして静かになる。次の瞬間、男は床に突っ伏していた。

風を切る音もやんでいる。香澄は右手に長さ三十センチほどの黒い棒を握っていた。右の腋《わき》の下に同じ物を挟んでいる。二本の黒い棒は、端と端が鎖でつながっていた。

「ヌンチャク……琉球空手《りゅうきゅうからて》、いや、功夫《カンフー》か？」

紫音の顔から余裕が消えている。警戒するような目で香澄をにらんでいた。そして、男たちを制するように片手をあげた。

「おまえら待て。慌てるな」

ひと筋縄ではいかないと悟ったらしい。狡賢《ずるがしこ》いだけのことはある。焦って全滅する事態をとっさに回避した。

「手ぶらで来るわけないでしょう」

香澄の横顔がチラリと見える。口もとに微かな笑みが浮かんでいた。

男たちが待ち受けていることを想定していたらしい。そのうえで武器を携行していたのだろう。

(あんなもので戦えるのか?)

安雄は信じられない思いでバーをのぞいていた。

ヌンチャクなど映画でしか見たことがない。実物を目にするのはこれがはじめてだ。実戦で使えるとは思いもしなかった。

彼女は殺しはやらない主義だと言っていた。だから、拳銃やナイフなどの武器は使わないのかもしれない。ヌンチャクの威力は知らないが、きっと命までは奪わないのだろう。

「ヌンチャクとは考えたな」

紫音が感心したようにつぶやき、隣で首をかしげている京香に説明した。

狭い店内で戦うには、木刀などの長い武器はかえって邪魔になる。しかし、男たちが大勢で待ち受けていることを考えると、腕力で劣る香澄は接近戦をできるだけ避けなければならない。

「そこでヌンチャクってわけだ。狭い空間でも使えて、なおかつ距離を取って戦える武器だからな」

「知識だけはあるようね」

香澄はじりじりと前に進んでいく。膝を軽く曲げて腰を落とした構えだ。カウンターを背にして立つと、殺気を漲《みなぎ》らせた男たちと正対した。

「ひとりずつ行くな。全員でいっせいにかかるんだ」

紫音が冷静に指示を出す。女だと思って舐《な》めてかかれば一瞬で倒される。実際、三人の男たちは一発ずつで眠らされたのだ。

男はあと七人いる。

しかし、店内は狭いので、七人全員で襲いかかることはできない。前にいる三人が横にひろがり、少しずつ距離をつめてきた。

静寂を破って三人がいっせいに動く。次の瞬間、香澄のヌンチャクが唸りをあげた。正面から来た男の脳天を打ち抜き、左から迫る男の顎を横殴りに打つ。さらに右の男を攻めようとするが、一瞬早くナイフを突き出された。

「くッ……」

香澄は驚異的な反射神経でステップバックしながら、左手を背中にまわす。そして、革袋のなかから二本目のヌンチャクを取り出した。

「やばいっ、ダブルヌンチャクだ！」

紫音が驚愕《きょうがく》の声をあげたときはもう遅かった。ナイフの男と、さらにもうひとりが意識を刈り取られていた。

残るは三人。女ひとりが相手だというのに、十人いた男はあっという間に三人まで減っていた。

香澄は二本のヌンチャクを腋の下に挟んで構えている。

男たちはナイフを手にしているが、三人とも動けずにいた。誰もが額に脂汗を浮かべて、恐怖に顔をこわばらせている。香澄の迫力に気圧《けお》されているのか、助けを求めるように紫音を見やった。

「な、なにをビビってる、早く殺れ！」

焦った紫音が叫び、三人の男が慌てて動く。だが、無策でかかって倒せるほど香澄は甘くない。ダブルヌンチャクがまたしても火を噴き、男たちを一瞬で打ちのめした。

肉と骨を打つ音がして、白目を剝いた三人が床に倒れこんだ。

いったい、どれほどの修業を積んだのだろう。香澄は二本のヌンチャクをまるで手足のように、自由自在に操っていた。

（なんて強さだ……）

自分の目で見た光景が信じられない。安雄はドアの隙間に片目を押しつけたまま、腹のなかで唸っていた。

あとはカウンターのスツールに腰かけている紫音と京香だけだ。

紫音が一番奥の壁ぎわにいて、その手前に京香がいる。ふたりに逃げ場はなかった。

「ば、化け物……まるで野獣だな」

紫音が絞り出すような声でつぶやいた。

香澄がふたりに向き直る。二本のヌンチャクを構えたまま、ゆっくり歩み寄っていく。

「待て……降参だ」

「し、紫音くん……」

京香が震える声でつぶやいた。その直後、いきなり紫音は京香の背中を思いきり蹴った。

「キャッ！」

小さな悲鳴とともに、京香の身体が押し出される。香澄はヌンチャクを落とすと、倒れてきた京香を抱きとめた。

その一瞬の隙を狙っていたのだろう、紫音はジャケットのなかに右手を入れて拳銃を取り出した。

（あっ……）

急に視界がモノクロになり、すべての動きがスローモーションになった。

パンッ、パンッという乾いた音が響き渡る。京香の顔が、香澄の肩ごしに見えた。銃声の直後、双眸《そうぼう》が見開かれて、身体が大きく仰《の》け反《ぞ》った。

「ぬおおおおおおおッ！」

獣のような唸り声が聞こえた。それが自分の声だと気づいたのはあとになってからだ。安雄はドアを開け放って踏みこむと、カウンターに並んでいたバーボンの瓶をつかんでいた。

銃口は香澄に向いている。がむしゃらに突進して、紫音の頭に力いっぱい瓶をたたきつけた。激しい音がして瓶が粉々に砕け散った。

「うぐぅッ」

紫音は低く呻き、拳銃を落として倒れこんだ。

視覚と聴覚が正常に戻った。振り返ると、香澄に抱かれた京香が見えた。ぐったりしている。白いワンピースの背中がまっ赤に染まっていた。

「きょ……京香」

ふらふらと歩み寄る。妻の顔をのぞきこむと、すでに瞳はガラス玉のように光を失っていた。

「即死ね……痛みすら感じていないと思う」

香澄の声が遠くに聞こえる。安雄はうなずくこともできず、ただ呆然《ぼうぜん》と立ちつくしていた。

香澄は京香の亡骸《なきがら》をやさしく床に横たえた。そして、倒れている男たちの手足を、持参した結束バンドで拘束していく。最後に紫音の自由を奪うと、頭からウイスキーをぶっかけた。

「うっ……」

気を失っていた紫音が目を開ける。瓶をたたきつけられた頭部からは鮮血が流れていた。

「畜生……俺を殺すのか」

敗北を悟ったらしい。命乞いをすることなくつぶやいた。

「殺しはやらないわ。知ってるでしょう」

香澄の声は淡々としている。恋人の仇《かたき》を前にしても、決して心を乱すことはなかった。

「そうか……命拾いしたぜ」

「その代わり、柳田組の事務所に連絡するわ。ここに裏切り者がいるって」

「お、おい……」

紫音の顔色が変わる。暴力団の恐ろしさは、元構成員の自分が一番よく知っているのだろう。

「簡単には殺してもらえないでしょうね。裏切り者は拷問にかけられる。死ぬよりつらい目に遭うわ。殺してくれって懇願するまで嬲《なぶ》られる。それでも時間をかけて、少しずつ命を削られていくのよ」

「ま、待て……と、取り引きしよう」

「でも、安心なさい。原形を留《とど》めなくなった遺体は、産廃処理施設で跡形もなく処分してもらえるから」

香澄は聞く耳を持たなかった。バーの電話を使って、本当に柳田組の事務所に連絡を入れた。

紫音は芋虫のように転がり、胃の内容物をぶちまけた。自分の吐瀉物《としゃぶつ》にまみれて「助けてくれ」と命乞いしながら悶《もだ》えている。恐怖に怯えきっているが、本当の地獄はこれからだ。

「お別れはすんだ？」

声をかけられてはっとする。

安雄は妻の亡骸を見つめたまま、なにも考えられなかった。ただ虚《むな》しくて、ぼんやりとしていた。

「ここにいたら殺されるわ」

ボックス席に転がっていたヘルメットを渡される。そして、強引にバーから連れ出された。

5

香澄のバイクの後ろに乗せられた。

ものすごい加速だった。振り落とされそうで、必死に彼女の細い腰にしがみついていた。生きる気力を失ったと思いこんでいたが、生にしがみついている自分に気づいて滑稽だった。

いつの間にか、あの廃倉庫についていた。

香澄につづいて倉庫のなかに足を踏み入れる。外はまだ明るいが、倉庫内は薄暗かった。

奥にブルーシートが落ちていた。何枚も重ねてあるらしく、ぶ厚いマットレスのようになっている。そこに香澄が腰かけた。うながすように見つめられて、安雄は遠慮がちに腰をおろした。

あたりはシーンと静まり返っている。

隣にいるのは、半グレ集団をあっという間に倒した復讐代行屋だ。裏社会の人間だが、不思議と怖さを感じなかった。

「奥さん……残念だったわね」

思いのほかやさしい声音だ。相変わらず抑揚は少ないが、これほど感情のこもった声で話すとは知らなかった。

「仕方ない……です」

裏切られたのは事実だが、複雑な感情が胸を去来している。ひどい仕打ちをうけたが、自業自得だと一蹴することはできなかった。

「妻はどうなるのでしょうか」

遺体を残してきたことが気になっていた。

「柳田組が処分するわ。自分たちに捜査が及ぶのを嫌って、あそこにいた全員といっしょに」

香澄の言葉を聞いて胸の奥が痛んだ。

その後、京香は行方不明者のリストに載るのだろう。あのバーでの惨劇は、こうして闇に葬られるのだ。

またしても沈黙が流れた。

この静かな時間が、乱れた感情を鎮めてくれる気がする。安雄は目を閉じると、小さく息を吐き出した。

「矢島さんも……」

思いきって話しかける。どうしても確認しておきたいことがあった。

「恋人が紫音に殺されたって、本当ですか？」

「もう、昔のことよ」

香澄は深く語ろうとしない。もう忘れたいのかもしれなかった。

「忘れられますか」

安雄は尋ねながら、自分の体験と重ね合わせていた。

妻を目の前で撃ち殺されてしまった。心が離れていたとはいえ、愛し合っていた時期もある。そんな妻の最期は悲惨だった。京香はあの男を信用していたのに、あっさり裏切られて殺されたのだ。

「忘れられるわけない」

香澄が静かに唇を開いた。

「一生背負っていくしかないの。あなたも、わたしも……」

同じ男に大切な人の命を奪われたのだ。ふたりの心は意識せずとも吸い寄せられていった。

「あのとき……俺に譲ってくれたんですよね」

バーボンの瓶を紫音の頭にたたきつけたときのことを思い出していた。激情に駆られて行動したが、香澄はひとりでも対処できたはずだ。

あのとき、香澄は左手のヌンチャクを捨てて、京香の身体を抱きとめた。しかし、右手のヌンチャクは構えたままだった。彼女ほどの達人なら、紫音を倒すことも可能だったに違いない。

「どうかしら……」

香澄は虚空を見つめていた。

亡くなった恋人の顔を思い浮かべているのかもしれない。それとも、未来に希望の光を見出《みいだ》そうとしているのだろうか。

「矢島さんの復讐は終わったんですね」

「まだよ。ブラックスコーピオンがつぶれたわけではないわ」

香澄の声には強い決意が感じられた。

紫音が柳田組に捕らえられて命を落とすのは時間の問題だが、これでブラックスコーピオンが壊滅するわけではない。紫音たち一派はトカゲの尻尾《しっぽ》切りのように排除されて、半グレ集団の本体はのうのうと生き残る。香澄の孤独な戦いはこれからもつづくのだ。

「ところで――」

いくら払えばいいのか気になっていた。

復讐代行屋の報酬は莫大だと噂されている。一生かけて払うつもりだが、さすがに聞くのは恐ろしかった。

「報酬はいらないわ」

内心を見透かされたらしい。香澄はさらりと言い放った。

「そういうわけには……」

「高いわよ。あなたに払えるの？」

「で、でも……」

まっすぐ見据えられて言いよどむ。彼女がはっきり高いと言うのだから、相当な金額なのだろう。

「今回だけは特別よ。わたしの個人的な復讐もあったから。その代わり……」

香澄がすっと身を寄せてくる。何事かと思った次の瞬間、柔らかい唇が重なっていた。

「んっ……」

わけがわからないまま、ブルーシートの上に押し倒される。何枚も重なって厚みがあるので、意外と寝心地《ねごこち》はよかった。

「な、慰めてくれるつもりなら――」

「そうじゃないわ」

安雄の声は、彼女のやさしげな声に遮られた。

「暴れたあとは、どうしても昂るの。それにエステサロンで媚薬オイルを使われたから、その影響も残ってるみたい」

そうささやく香澄の瞳はしっとり潤んでいる。バーで暴れていたときとは別人のようだ。美形なので至近距離から見つめられると、それだけでドキリとした。

「これが報酬よ」

手のひらをスラックスの上から股間に重ねてくる。やさしく撫《な》でられると、とたんに甘い感覚がひろがった。

「うっ……」

「しっかり払ってもらうから覚悟してね」

香澄は口もとに微笑を浮かべて、スラックスをおろしていく。ボクサーブリーフも引きさげると、つま先から抜き取られた。

まだペニスは頭を垂れている。激しいショックを受けた直後で、元気になるとは思えない。ところが、香澄は構うことなく脚の間に入りこんでくると、いきなりペニスをぱっくり咥えこんだ。

「はンンっ」

微かに鼻を鳴らして、砲身全体を舐めまわしてくる。まるで唾液を塗りつけるように、ねちっこく舌を這《は》わせてきた。

口のなかでクチュクチュと弄《もてあそ》ばれるのが心地いい。香澄はあくまでもやさしく舐めてくれる。すると、柔らかかったペニスが急激に芯を通して屹立《きつりつ》していくのがわかった。

「ううっ……」

こらえきれずに呻くと、それを合図にしたように香澄が首を振りはじめる。あの男勝りの復讐代行屋が、ペニスに濃厚な口唇愛撫《あいぶ》を施していた。

柔らかい舌が竿《さお》に巻きつき、ヌメヌメと蠢いている。尿道口を舌先でくすぐられるのもたまらない。唇でもねっとりしごかれて、ペニスが蕩《とろ》けそうな快感が押し寄せた。

「すごいのね。お汁がいっぱい溢れてるわ」

香澄は目を細めてつぶやくと、尿道口にキスをして先走り液をチュルチュルと吸いあげる。くすぐったさと快感が入りまじり、安雄はじっとしていられず腰を右に左に悶えさせた。

「や、矢島さん……そ、そんなにされたら……」

いろいろあったせいだろうか。異常なほど高揚している。男根は青竜刀のように反り返り、青筋を浮かべるほど屹立していた。

「わたしも、身体が火照ってるの」

香澄は身体を起こすとライダースーツのファスナーをおろしていく。腕を抜いて引きおろし、左右の足から順番に脱ぎ去った。

これで彼女が身に着けているのは黒いブラジャーとパンティだけになる。膝立ちの姿勢で両手を背中にまわしてホックをはずすと、カップが弾《はじ》け飛んで大きな乳房がまろび出た。

芸術品のような見事なまるみと、薄ピンクの乳首に惹《ひ》きつけられる。そんな安雄の視線を意識しているのか、香澄はゆっくりパンティをおろしていく。そして、ついに生まれたままの姿になった。

ふっくらした恥丘には、逆三角形に整えられた陰毛がそよいでいる。漆黒の秘毛が肌の白さを際立たせていた。

鍛えあげられた女体だった。腰は細く締まっており、尻には薄く脂が乗っている。筋肉は発達しているためなのか、双臀《そうでん》の頂点がクッと上を向いている。女性らしさと獰猛《どうもう》さが同居する、洗練された女豹のような肉体だ。

（ああっ、なんて美しいんだ）

安雄はうっとりと見惚《みと》れていた。

こんなときだというのに、ひとつになりたいと切に思う。同じような体験をしているからこそ、香澄に惹きつけられるのだろう。

安雄も体を起こすと。服をすべて脱ぎ捨てた。迷いはいっさいない。一刻も早く彼女とつながりたかった。

「後ろから……」

香澄は小声で言うと、自らブルーシートの上で這いつくばる。背筋を軽く反らして、ヒップを後方に突き出す獣のポーズだ。

「今日は思いきり責められたい気分なの」

これも媚薬オイルの影響かもしれない。香澄は濡れた瞳で振り返り、誘うように腰をくねらせた。

「ねえ、早く来て」

「や、矢島さん……」

彼女の背後で膝立ちになると、尻たぶをつかんで割り開く。すると、パールピンクの女陰が露《あらわ》になった。すでに大量の華蜜で潤っており、蕩けきった女陰が物欲しげに蠢いていた。

勃起した男根の切っ先を、割れ目にそっと擦りつける。何度か上下させてなじませると、膣口にヌプリッと押しこんだ。

「あンンッ」

香澄の唇から甘い声が溢れ出す。同時に膣口が収縮して、カリ首をきつく食いしめてきた。

「ううッ……」

快楽の呻きを漏らしながら、さらにペニスを埋めこんでいく。くびれた腰を両手でつかみ、太幹を根元まで押し進めた。

「あああッ、お、大きいっ」

最後まで挿入した瞬間、香澄の背中が反り返った。

両手の爪をブルーシートに立てて、自ら尻を突き出してくる。もっと奥まで欲しいのかもしれない。彼女が求めているなら遠慮する必要はないだろう。安雄はさっそく力強い抽送を開始した。

「ううッ……ううッ」

腰を振り立ててペニスを抜き差しする。すると、男根と膣口の隙間から、大量の愛蜜が溢れ出した。

「あッ……あッ……」

彼女の甘い声が、廃倉庫の壁に反響している。ふたりの結合部からは湿った音も溢れていた。

あの香澄がこんなにも濡らしている。戦っている姿とのギャップが、なおさら興奮をかき立てた。裏社会に名前を轟《とどろ》かせている香澄を感じさせていると思うと、欲望を抑えられなくなってきた。

「くううッ、き、気持ち……おおおッ」

自然と抽送速度がアップする。腰をリズミカルに打ちつけるたび、彼女の尻たぶがパンッ、パンッと乾いた打擲音《ちょうちゃくおん》を響かせた。

「ああッ、ああッ、もっと、もっとよ」

香澄の喘ぎ声が大きくなる。くびれた腰をくねらせて、なめらかな背中を弓なりに反らしていた。

「や、矢島さんっ」

腰を振りつつ、背中に覆いかぶさる。両手を前にまわしこむと、たっぷりした乳房を揉みしだいた。

柔肉に指が沈みこんでいく感触を堪能《たんのう》する。ゆったり揉みあげると、女体の悶え方が大きくなった。さらに先端で揺れている乳首を摘まんで転がせば、香澄は黒髪を振り乱して甘い声で喘ぎはじめた。

「はああッ、いいっ、あああッ」

どうやら乳首が敏感らしい。グミのように硬くなった双つのポッチを転がすほどに、彼女の反応は激しくなる。膣道が蠕動《ぜんどう》するように波打ち、ペニスを奥へ奥へと引きこんだ。

「もっと突いて、いいっ、いいわっ」

「お、俺もです……おおおッ」

射精欲が急激に高まっている。少しでも快感を長引かせようと、安雄は奥歯を食い縛って腰を振りまくった。ペニスをできるだけ奥まで突きこんで、女壺《つぼ》の深い場所まで刺激した。

「ああッ、も、もうっ、あああああッ」

香澄の唇から感極まったような声が溢れ出す。悶え方も激しくなり、もう昇りつめるのは時間の問題だ。安雄は最後の力を振り絞り、雄叫びをあげながらペニスを深い場所まで突き刺した。

「ひあああッ、い、いいっ、あああッ、イクッ、イクイクううッ！」

ついに香澄の唇からアクメの嬌声《きょうせい》がほとばしる。白い背中が痙攣しながら仰け反った。

ちょうどそのとき、廃倉庫の高い窓から西日が差しこんだ。香澄の女体だけが照らし出されて眩《まばゆ》く光り輝いた。頭が勢いよく跳ねあがり、ストレートロングの黒髪が宙で舞い踊った。

「おおおおッ、くおおおおおおッ！」

安雄もこらえにこらえてきた欲望を解き放つ。膣道全体が猛烈に波打ち、ペニスをこれでもかと締めつける。凄《すさ》まじい快感が突き抜けて、ダムが決壊したように大量のザーメンを一気に放出した。

かつて経験したことのない、脳髄まで蒸発しそうな愉悦だ。睾丸《こうがん》のなかが空になるまで射精すると、頭のなかがまっ白になった。

安雄はペニスを引き抜き、彼女の隣にどっと倒れこんだ。香澄もうつ伏せになり、〝ハアハアと息を乱していた。垂れかかった黒髪の間から見える横顔が、息を呑むほど美しかった。

半グレの男たち十人を、あっという間に倒した女とは思えない。素性を知らなければ、間違いなく惚れていただろう。こうしている今も、気を抜くと抱きしめてしまいそうだ。

（でも……）

決定的に住む世界が違う。

彼女は裏社会の人間だ。大切な人の命を奪われたという共通点はあるが、どうやっても取り去れない壁があった。

「ンっ……」

香澄がゆっくり身体を起こす。こちらに背中を向けてパンティを穿《は》き、ブラジャーを身に着けた。

黒革のライダースーツが女豹のようにしなやかな肉体を包みこむ。ライダーブーツを履いて立ちあがり、黒髪をそっとかきあげる。コンクリート剝き出しの床から微かに埃《ほこり》が舞っていた。

「街までかなりあるけど」

香澄が背中を向けたまま語りかけてくる。

「歩いて帰ります」

安雄は迷うことなく返答した。

これ以上、かかわるべきではない。彼女は伝説の復讐代行屋だ。これまで見聞きしたことは、一生自分の胸だけに留めておくと心に誓った。

「そう……」

香澄がゆっくり歩きはじめる。ここで別れたら、もう二度と会うことはないだろう。

「あ、あの……」

安雄は思わず呼びとめていた。

「ありがとうございます」

こんな言葉をかけられたところで、彼女の心に響くとは思えない。それでも、感謝の気持ちを示したかった。

香澄は振り返ることなく、軽く右手をあげて去っていく。美しき女豹の後ろ姿を、安雄は熱い気持ちで見送った。

本書は書き下ろしです。

実業之日本社文庫　最新刊

青柳碧人
彩菊あやかし算法帖　からくり寺の怪
キュートな彩菊が、妖怪が起こす事件を得意の算法で解決！『むかしむかしあるところに、死体がありました。』著者が贈る、新感覚時代×数学ミステリー！
あ16 2

阿川大樹
終電の神様　台風の夜に
ターミナルの駅員、当直明けの外科医、結婚式を予定しているカップル――台風で鉄道が止まる一夜、それぞれの運命が動き出す。感動のベストセラー新作！
あ13 3

秋吉理香子
婚活中毒
この人となら――と思った瞬間、あなたは既に騙されている！　人生はどんでん返しの連続。幸福を願うすべての人へ贈る婚活ミステリー。（解説・大矢博子）
あ23 1

安生正
襲撃犯
碓氷峠で自衛隊の運搬車が襲撃された。自衛官惨殺、プルトニウム燃料強奪。鮮やかな手口だ。自衛隊崩壊の危機に、不器用な男たちが、愚直に真実を追う！
あ24 1

井川香四郎
桃太郎姫　望郷はるか
偽金騒動を通じて出会った町娘・桃香に、商家の若旦那がひと目惚れ。その正体が綾歌藩の若君（!?）と知らない彼は……人気シリーズ、待望の最新作！
い10 7

大林宣彦
ぼくの映画人生
映画とともに生き、道なき道を切り開いてきた著者が、七十歳を機にその半生と映画論を語った感動の自伝。すべての人の背中を押す勇気の書。（解説・赤川次郎）
お10 1

沢里裕二
湘南桃色ハニー
ビールメーカーの飯島は、恋人を寝取られたことをきっかけに己の欲望に素直になり……。ビーチで絡み合う水着と身体が眩しい、真夏のエンタメ官能コメディ！
さ3 11

実業之日本社文庫　最新刊

中島 要
御徒の女
大地震、疫病、維新……苦労続きの人生だけどたくましく生きる、下級武士の〝おたふく娘〟の痛快な一代記。今こそ読みたい傑作人情小説。（解説・青木千恵）
な81

西川美和
映画にまつわるXについて2
小説と脚本の違い。子役との撮影。主演俳優の自意識――大ヒット作『永い言い訳』公開までの苦闘の五年間を濃密な筆致で綴る、人気映画監督のエッセイ集！
に42

葉月奏太
盗撮コネクション　復讐代行屋・矢島香澄
洋品店の中年店主は、借金返済のためとそそのかされ、盗撮を行う。店主の妻は盗撮され、脅される。店主は自殺を決意し……。どんでん返し超官能サスペンス！
は69

南 英男
脅迫　強請屋稼業
新空港の利権にからみ、日本進出をもくろむアメリカ企業がスキャンダルをネタにゆさぶりをかける。敵対会社の調査を依頼された見城豪に迫る罠とは!?
み716

睦月影郎
みだら女剣士
女子大剣道部の合宿の手伝いをすることになった治郎。そこに幕末に死んだ女剣士の霊が現れ、次々と部員に取り憑き欲求を満たしていく。爽快スポーツ官能！
む213

木宮条太郎
水族館ガール7
出産後、母親が病気にかかったイルカ親子は別々のプールに。離れ離れの親子を対面させるため由香が思いついたアイディアは……超感動いきもの小説！
も47

吉田雄亮
雷神　草同心江戸鏡
穏やかな空模様の浅草の町になぜか連夜雷鳴が響く。雷門の雷神像が抜けだしたとの騒ぎの裏に黒い陰謀の匂いが……人情熱き草同心が江戸の正義を守る！
よ56

実業之日本社文庫　好評既刊

葉月奏太　ももいろ女教師　真夜中の抜き打ちレッスン

うだつの上がらない中年教師が、養護教諭や美人教師と心と肉体を通わせる……。注目の作家が放つハートウォーミング学園エロス！

は6 1

葉月奏太　昼下がりの人妻喫茶

珈琲の香りに包まれながら、美しき女店主や常連客の美女たちと過ごす熱く優しい時間――。心と体があったまる、ほっこり癒し系官能の傑作！

は6 2

葉月奏太　ぼくの管理人さん　さくら荘満開恋歌

大学進学を機に〝さくら荘〟に住みはじめた青年は、やがて美しき管理人さんに思いを寄せて――。ほっこり癒され、たっぷり感じるハートウォーミング官能。

は6 3

葉月奏太　女医さんに逢いたい

孤島の診療所に、白いブラウスに濃紺のスカートを纏った、麗しき女医さんがやってきた。23歳で童貞の僕は診療所で…。ハートウォーミング官能の新傑作！

は6 4

葉月奏太　しっぽり商店街

目覚めると病院のベッドにいた。記憶の一部を失っていた。小料理屋の女将、八百屋の奥さんなど、美女と会うたび、記憶が甦り…ほっこり系官能の新境地！

は6 5

葉月奏太　未亡人酒場

妻と別れ、仕事にも精彩を欠く志郎は、小さなバーで未亡人だという女性と出会う。しかし、彼女には危険な男の影が…。心と体を温かくするほっこり官能！

は6 6

実業之日本社文庫　好評既刊

葉月奏太
いけない人妻　復讐代行屋・矢島香澄
色っぽい人妻から、復讐代行の依頼が舞い込んだ。彼女は半グレ集団により、特殊詐欺の手伝いをさせられていたのだ。著者渾身のセクシー×サスペンス！
は67

葉月奏太
人妻合宿免許
独身中年・吉岡大吉は、配属変更で運転免許が必要になり合宿免許へ。色白の未亡人、セクシー美人教官、黒髪の人妻と…。心温まるほっこり官能！
は68

草凪 優
欲望狂い咲きストリート
寂れたシャッター商店街が、やくざのたくらみによりピンサロ通りに変わった…。欲と色におぼれる不器用な男と女。センチメンタル人情官能！　著者新境地!!
く64

草凪 優
地獄のセックスギャング
悪党どもは地獄へ堕とす！　金を奪って女と逃げろ!!ハイヒールで玉を潰す女性刑事、バスジャックを仕掛ける極道が暗躍。一気読みセックス・バイオレンス！
く65

草凪 優
黒闇
最底辺でもがき、苦しみ、前へ進み、堕ちていく不器用な男と女。官能小説界のトップランナーが、人間の性と生を描く、暗黒の恋愛小説。草凪優の最高傑作！
く66

草凪 優
知らない女が僕の部屋で死んでいた
眼が覚めると、知らない女が自宅のベッドで、死んでいた。女は誰なのか？　記憶を失った男は、女の正体を探る。怒濤の恋愛サスペンス！（解説・東えりか）
く67

実業之日本社文庫　は69

盗撮《とうさつ》コネクション　復讐《ふくしゅう》代行《だいこう》屋《や》・矢島《やじま》香澄《かすみ》

2020年8月15日　初版第1刷発行

著　者　葉月《はづき》奏太《そうた》

発行者　岩野裕一
発行所　株式会社実業之日本社
〒107-0062　東京都港区南青山5-4-30
CoSTUME NATIONAL Aoyama Complex 2F
電話［編集］03(6809)0473［販売］03(6809)0495
ホームページ　https://www.j-n.co.jp/
ＤＴＰ　ラッシュ
印刷所　大日本印刷株式会社
製本所　大日本印刷株式会社

フォーマットデザイン　鈴木正道（Suzuki Design）

＊本書の一部あるいは全部を無断で複写・複製（コピー、スキャン、デジタル化等）・転載することは、法律で認められた場合を除き、禁じられています。
また、購入者以外の第三者による本書のいかなる電子複製も一切認められておりません。
＊落丁・乱丁（ページ順序の間違いや抜け落ち）の場合は、ご面倒でも購入された書店名を明記して、小社販売部あてにお送りください。送料小社負担でお取り替えいたします。
ただし、古書店等で購入したものについてはお取り替えできません。
＊定価はカバーに表示してあります。
＊小社のプライバシーポリシー（個人情報の取り扱い）は上記ホームページをご覧ください。

©Sota Hazuki 2020　Printed in Japan
ISBN978-4-408-55610-9（第二文芸）